CHRISTIAN GINE

DIDIER CONVARD

NEIGE

2. LA MORT CORBEAU

COULEURS :
RITA

Glénat

COLLECTION GRAFICA

L'ADIEU AU ROI *Bruyninx* 1.L'adieu au roi • **ALIAS** *Brandoli/Queirolo* 1.Alias • **BARRY LAN** *J. Rahir/R. Rahir* 1.Vous veillerez sur mon sommeil • **CLOTHO** *Bonodot/Dewamme* 1.Le gambit des innocents 2.La larme de sang • **LE BOCHE** *Stalner/Bardet* 1.L'enfant de paille • **LES COMPAGNONS DU RÊVE** *Nataël/Beja* 1.L'ombre du Mangou • **EVA MEDUSA** *Mirallès/Segura* 1.Toi le venin... • **FULÙ** *Risso/Trillo* 1.Le mauvais sort 2.La danse des Dieux 3.Dans l'ombre du désir • **MAX** *Bruyninx* 1.Le rêve pluie • **NEIGE** *Gine/Convard* 1.Les brumes aveugles 2.La mort corbeau 3.L'aube rouge 4.Intermezzo • **O.A.S.** *Joos/Yann* 1.Aïscha • **LE PASSAGE DE LA SAISON MORTE** *Terpant/Bonifay* 1.L'île du temps 2.La sorcière • **LES SPECTRES DU TSAR** *Neuray/Yann* 1.Nuit blanche • **THEODORA** *Jeronathon* 1.Les mongols.

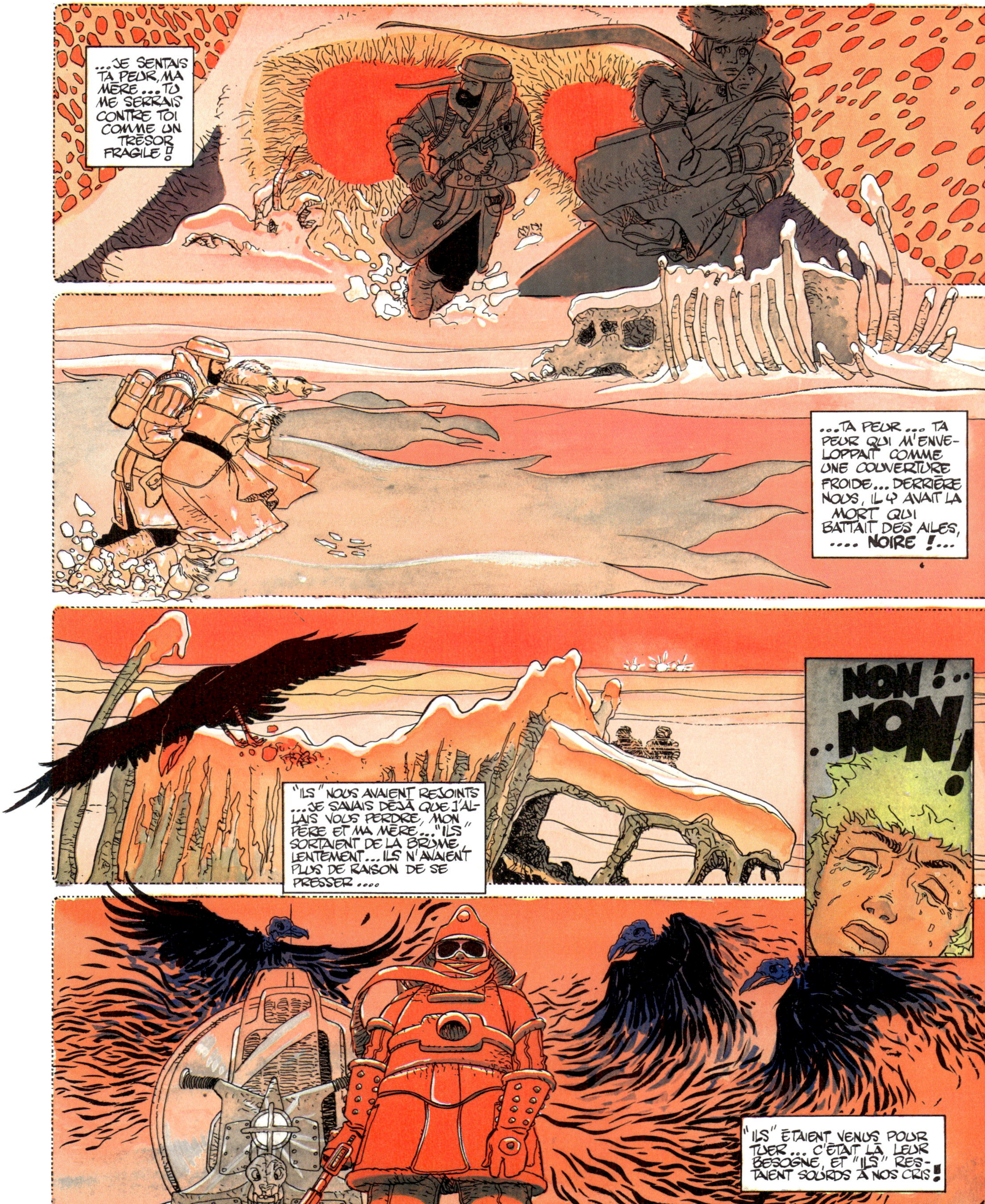
...JE SENTAIS TA PEUR, MA MÈRE... TU ME SERRAIS CONTRE TOI COMME UN TRÉSOR FRAGILE !
...TA PEUR... TA PEUR QUI M'ENVELOPPAIT COMME UNE COUVERTURE FROIDE... DERRIÈRE NOUS, IL Y AVAIT LA MORT QUI BATTAIT DES AILES, ... NOIRE !...
"ILS" NOUS AVAIENT REJOINTS ...JE SAVAIS DÉJÀ QUE J'ALLAIS VOUS PERDRE, MON PÈRE ET MA MÈRE... "ILS" SORTAIENT DE LA BRUME, LENTEMENT... ILS N'AVAIENT PLUS DE RAISON DE SE PRESSER....
NON !.. ..NON !
"ILS" ÉTAIENT VENUS POUR TUER... C'ÉTAIT LÀ LEUR BESOGNE, ET "ILS" RESTAIENT SOURDS À NOS CRIS !
1

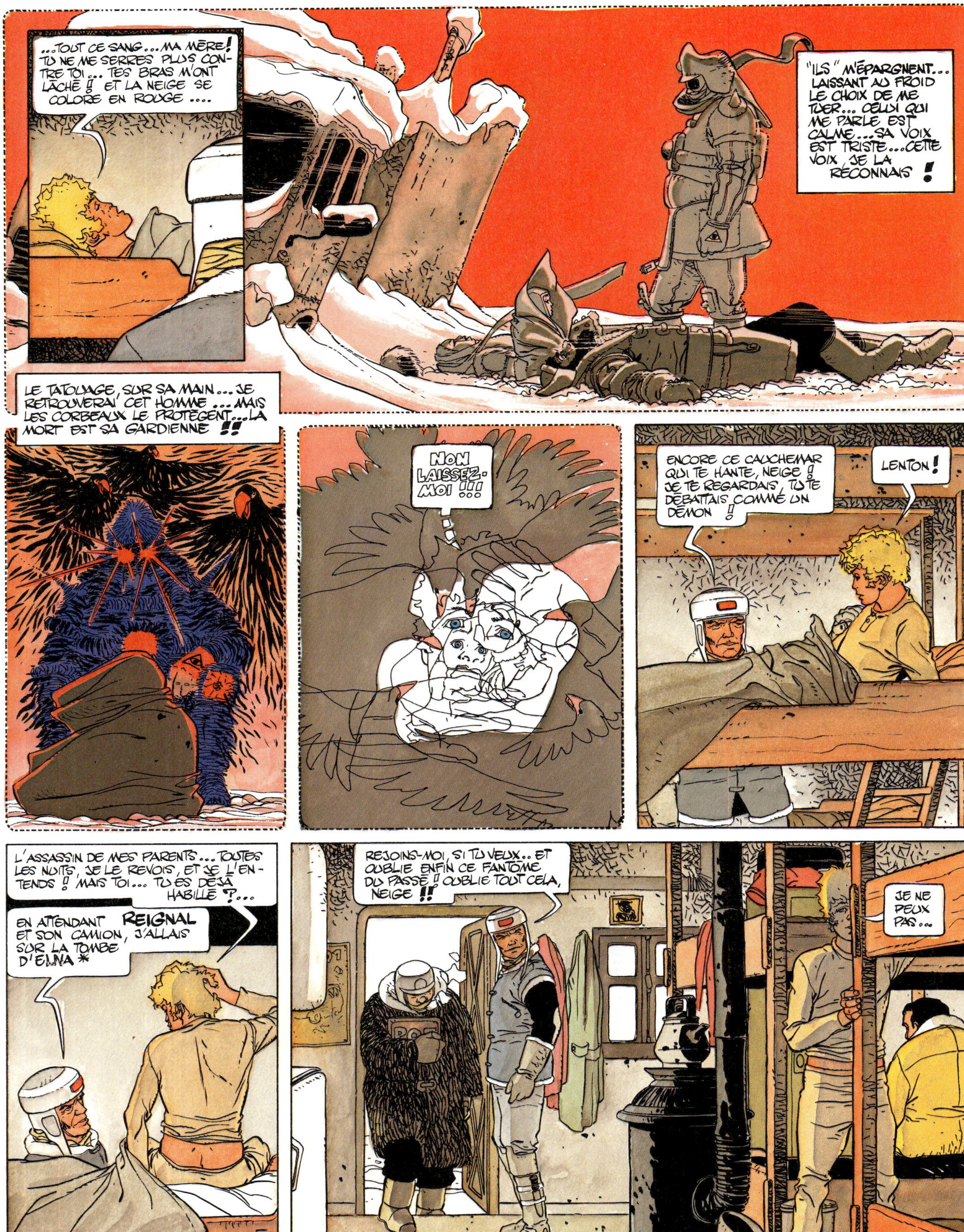

* VOIR "LES BRUMES AVEUGLES"

DIDIER CONVARD ET CHRISTIAN GINE PRÉSENTENT
neige
LA MORT-CORBEAU
HÉ, REIGNAL, TU AS VU ?
OUI...CE BROUILLARD QUI DESCEND DES COLLINES ! UNE SACRÉE PURÉE DE POIS !
MINCE DE COTON, LES GARS ! LENTON VA SE FAIRE DU MOURON SI NOUS ARRIVONS EN RETARD À L'HÔPITAL !
T'ES L'ROI D'LA POISSE, MONNAIE ! REIGNAL SAIT CONDUIRE LES YEUX FERMÉS C'TE CAMION !
MERCI DU COMPLIMENT, PACO. MAIS MÊME LES PHARES-INFRA NE PARVIENNENT PAS À TROUER CE BROUILLARD ! ON RISQUE DE QUITTER LA PISTE ET DE TOMBER DANS UN TERRITOIRE HOSTILE !
ET AVEC NOTRE CHARGEMENT, ON FERAIT L'AUBAINE DES PILLARDS !
TU L'AS DIT ! DEUX TONNES DE SEL ! POUR CEUX QUI N'ONT PAS D'VACCIN CONTRE L'MAL D'ORION, LE SEL PEUT ÊTRE UN FOUTU ANTIDOTE !!
HÉ REIGNAL ! TU SORS DE LA PISTE !!
AÏE ! J'AI BIEN CRU QU'ON FAISAIT L'GRAND PLONGEON ! ENCORE UNE FROUSSE DE C'TE TAILLE ET JE SUIS BON POUR LA TOMBE !
ÇA VA ! ÇA VA ! BOUCLE-LA MAINTENANT, PACO !!
3

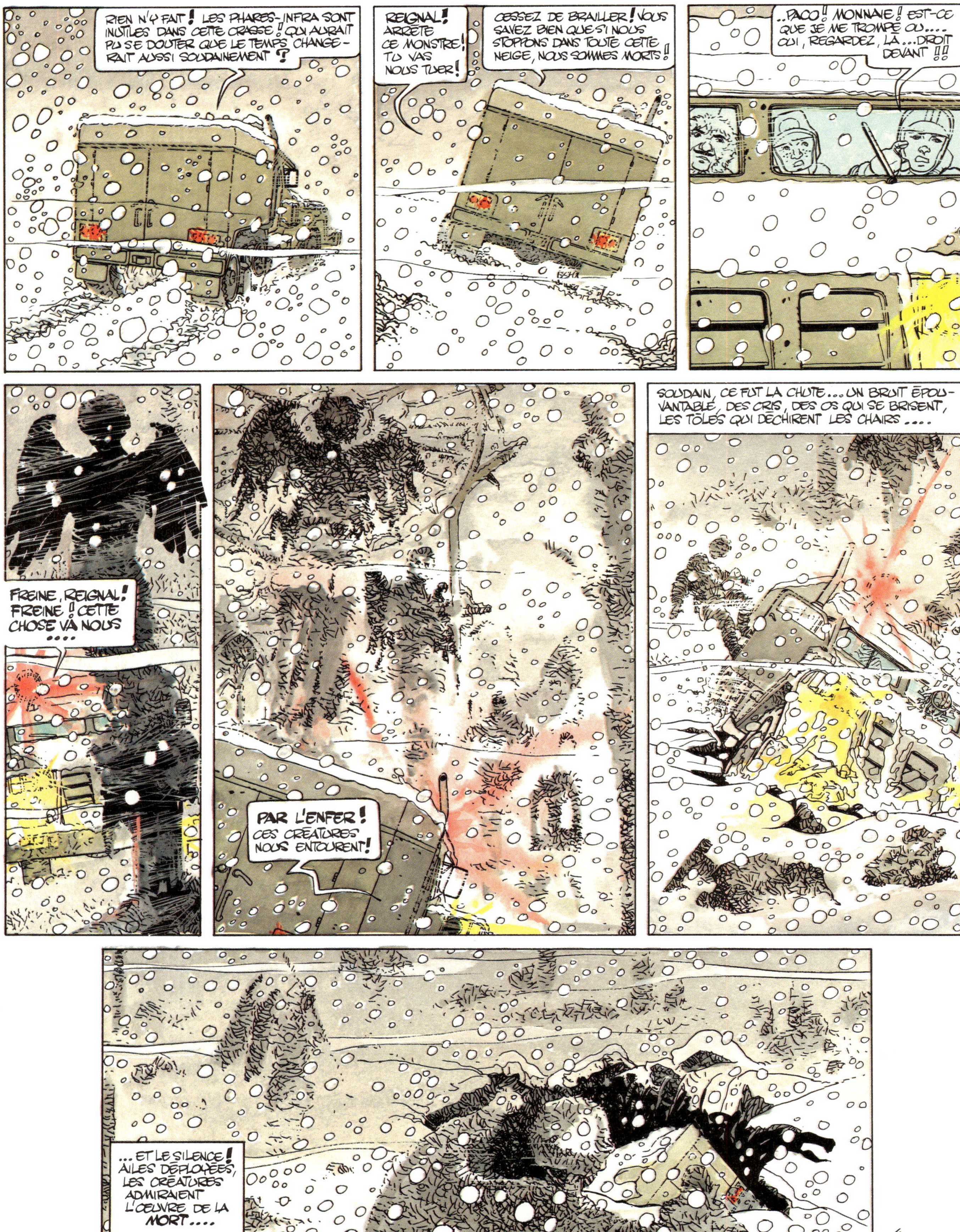
RIEN N'Y FAIT ! LES PHARES-INFRA SONT INUTILES DANS CETTE CRASSE ! QUI AURAIT PU SE DOUTER QUE LE TEMPS CHANGERAIT AUSSI SOUDAINEMENT ?
REIGNAL ! ARRÊTE CE MONSTRE ! TU VAS NOUS TUER !
CESSEZ DE BRAILLER ! VOUS SAVEZ BIEN QUE SI NOUS STOPPONS DANS TOUTE CETTE NEIGE, NOUS SOMMES MORTS !
..PACO ! MONNAIE ! EST-CE QUE JE ME TROMPE OU.... OUI, REGARDEZ, LÀ...DROIT DEVANT !!
FREINE, REIGNAL ! FREINE ! CETTE CHOSE VA NOUS ....
PAR L'ENFER ! CES CRÉATURES NOUS ENTOURENT !
SOUDAIN, CE FUT LA CHUTE... UN BRUIT ÉPOUVANTABLE, DES CRIS, DES OS QUI SE BRISENT, LES TÔLES QUI DÉCHIRENT LES CHAIRS....
...ET LE SILENCE ! AILES DÉPLOYÉES, LES CRÉATURES ADMIRAIENT L'ŒUVRE DE LA MORT....
4

TU VOIS, NEIGE... CHACUN VIT AVEC SES OMBRES ! SON PASSÉ ! CHAQUE MATIN, JE VIENS LÀ... COMME UN VIEUX CHIEN !
JE SAIS LENTON. MOI, JE N'AI MÊME PAS DE TOMBE À HONORER !
À ELNA
REGARDE... IL DOIT FAIRE UN TEMPS ÉPOUVANTABLE SUR LES COLLINES ! J'ESPÈRE QUE LES GARS DU CAMION ONT RÉUSSI À PASSER À TRAVERS !
OÙ SONT-ILS ALLÉS CHERCHER TOUT CE SEL ?
IL Y A TROIS ANS, NOUS AVONS DÉCOUVERT UN STOCK DANS DES HANGARS ENSEVELIS.
.. DEPUIS, NOUS ALLONS EN PRÉLEVER RÉGULIÈREMENT QUELQUES TONNES. LE SEL EST DEVENU UN VÉRITABLE TRÉSOR, DÉSORMAIS !
DAAANG LOOONG
DAAANG LOOONG
DAAANG LOOONG
LENTON... CE BRUIT ! TU ENTENDS ?
DAAANG LOOONG
... CE MARTÈLEMENT !?
C'EST LA ROUILLE ! LE FERRAILLEUR ! ON PEUT ENTENDRE SON RAFFUT QUAND LES VENTS TOURNENT !
JE DOIS VOIR CET HOMME... JE ME SOUVIENS, MAINTENANT...
BAH ! LA ROUILLE EST UN VIEUX FOU ! EN QUOI VEUX-TU QU'IL T'AIDE ?
J'AI DÉJÀ ENTENDU CES BRUITS... IL Y A UNE ÉTERNITÉ !
5

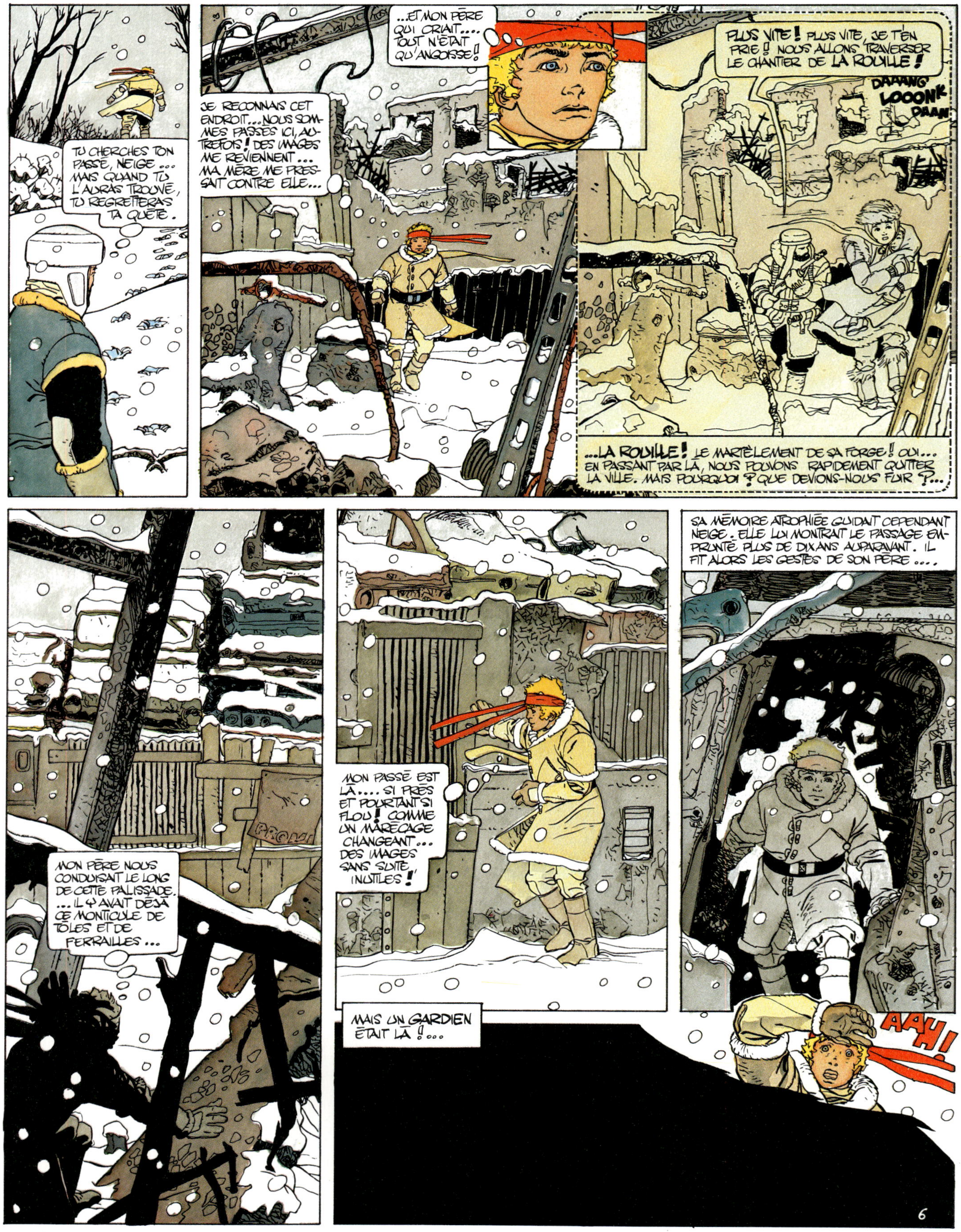
TU CHERCHES TON PASSÉ, NEIGE... MAIS QUAND TU L'AURAS TROUVÉ, TU REGRETTERAS TA QUÊTE.
JE RECONNAIS CET ENDROIT... NOUS SOMMES PASSÉS ICI, AUTREFOIS! DES IMAGES ME REVIENNENT... MA MÈRE ME PRESSAIT CONTRE ELLE...
...ET MON PÈRE QUI CRIAIT... TOUT N'ÉTAIT QU'ANGOISSE!
PLUS VITE! PLUS VITE, JE T'EN PRIE! NOUS ALLONS TRAVERSER LE CHANTIER DE LA ROUILLE!
DAAANG LOOONK DAAN
...LA ROUILLE! LE MARTÈLEMENT DE SA FORGE! OUI... EN PASSANT PAR LÀ, NOUS POUVONS RAPIDEMENT QUITTER LA VILLE. MAIS POURQUOI? QUE DEVIONS-NOUS FUIR?...
MON PÈRE NOUS CONDUISANT LE LONG DE CETTE PALISSADE. ...IL Y AVAIT DÉJÀ CE MONTICULE DE TÔLES ET DE FERRAILLES...
MON PASSÉ EST LÀ... SI PRÈS ET POURTANT SI FLOU! COMME UN MARÉCAGE CHANGEANT... DES IMAGES SANS SUITE INUTILES!
SA MÉMOIRE ATROPHIÉE GUIDAIT CEPENDANT NEIGE. ELLE LUI MONTRAIT LE PASSAGE EMPRUNTÉ PLUS DE DIX ANS AUPARAVANT. IL FIT ALORS LES GESTES DE SON PÈRE...
MAIS UN GARDIEN ÉTAIT LÀ!...
AAAH!
6

LAISSE-MOI, CHAROGNARD! LAISSE-MOI!
LÂCHE-LE, CRÈVE-OEIL! LÂCHE CE MOINEAU!
EH BIEN, GAMIN... DE QUEL NID ES-TU TOMBÉ? QUE VIENS-TU CHERCHER CHEZ MOI? C'EST QUE TU AS BIEN FAILLI LAISSER UN MORCEAU DE TON JOLI MUSEAU AU BEC DE CRÈVE-OEIL!...
C... C'EST VOUS, LA ROUILLE?
TROUVÉ, GARÇON! C'EST BIEN MOI... ET VOICI CRÈVE-OEIL, UN MANIAQUE QUI M'A GOBÉ LE MEILLEUR DE MES DEUX YEUX, IL Y A DES ANNÉES! PAS RANCUNIER, J'AI RÉUSSI À L'APPRIVOISER. ET CE SALOPARD EST DEVENU LE MEILLEUR CERBÈRE QUI SOIT!
ET TOI, "PISSE-LAIT"... QU'ES-TU VENU FOUINER DANS MON ROYAUME?
JE... JE TENTE DE ME SOUVENIR... J'AI DÛ PASSER PAR CET ENDROIT, ALORS QUE J'ÉTAIS ENFANT.... AVEC MES PARENTS. NOUS ÉTIONS EN TRAIN DE FUIR LA VILLE....
TIENS, T'ENTENDS ÇA, CRÈVE-OEIL? ...CET OISILLON A PERDU LE NORD ET RECHERCHE LE VENT! IL EST BIEN TOMBÉ, CEPENDANT! LE GARS LA ROUILLE A UNE SOLIDE MÉMOIRE!
CE QUI VEUT DIRE...
...QUE JE ME SOUVIENS, PARDI!.. ALORS C'ÉTAIT TOI... C'ÉTAIT TOI, CE GAMIN PLEURNICHANT DANS LES BRAS DE CETTE PAUVRE FEMME EFFRAYÉE? ET LE TYPE AU FUSIL... TON PÈRE?
VOUS LES CONNAISSIEZ? VOUS NOUS CONNAISSIEZ?
NON, PETIT... NON, JE NE VOUS AVAIS JAMAIS VUS, AVANT!!...

JE VOUS REVOIS ENCORE... COMME DES BÊTES TRAQUÉES, PERDUES... VOUS FAUFILANT ENTRE LES CARCASSES DE VOITURES....
VOUS FAISIEZ UN TEL RAFFUT QUE JE SUIS SORTI DE MA TANIÈRE... J'AVAIS PEU DE VISITEURS ET J'ÉTAIS DÉJÀ DEVENU UN VIEIL OURS !!
LAISSEZ-NOUS PASSER ... POUR L'ENFANT ! POUR LUI ! NOUS NE VOULONS QUE PASSER !
À VOIR VOS TÊTES, VOUS AVEZ UNE MEUTE DE DIABLES AUX TROUSSES !
MONSIEUR... AIDEZ-NOUS ! SAUVEZ NOTRE PETIT !!
C'EST CE QUE JE DISAIS... DES DIABLES !
J'IGNORE CE QUE VOUS AVEZ FAIT... BIEN OU MAL... MAIS JE VAIS VOUS AIDER, À CAUSE DU MÔME ! SUIVEZ-MOI ! PAR ICI, NOUS POUVONS LES SEMER...
CELA FAIT MAINTENANT TREIZE ANS... QUI FUYAIS-TU, MON GARÇON ? ET TES PARENTS, QUE SONT-ILS DEVENUS ?
MES PARENTS ONT ÉTÉ TUÉS... MOI, J'AI ÉTÉ RECUEILLI PAR UN HOMME, DANS LES COLLINES. IL M'A ÉLEVÉ JUSQU'À CE QUE JE REVIENNE DANS CETTE VILLE... MA MÉMOIRE EST MORTE !
À L'ÉCOUTE DE VOTRE RÉCIT, J'AI CRU RETROUVER CERTAINES IMAGES... MAIS JE NE SAIS TOUJOURS PAS QUI TRAQUAIT MES PARENTS ET POURQUOI !!
BAH ! EST-CE BIEN UTILE DE REMUER LA VASE DES SOUVENIRS ? JE DONNERAIS CHER POUR AVOIR UNE MÉMOIRE BLANCHE, MON GARS ! PEUT-ÊTRE QUE JE DORMIRAIS MIEUX ?
8

* voir "Les brumes aveugles"

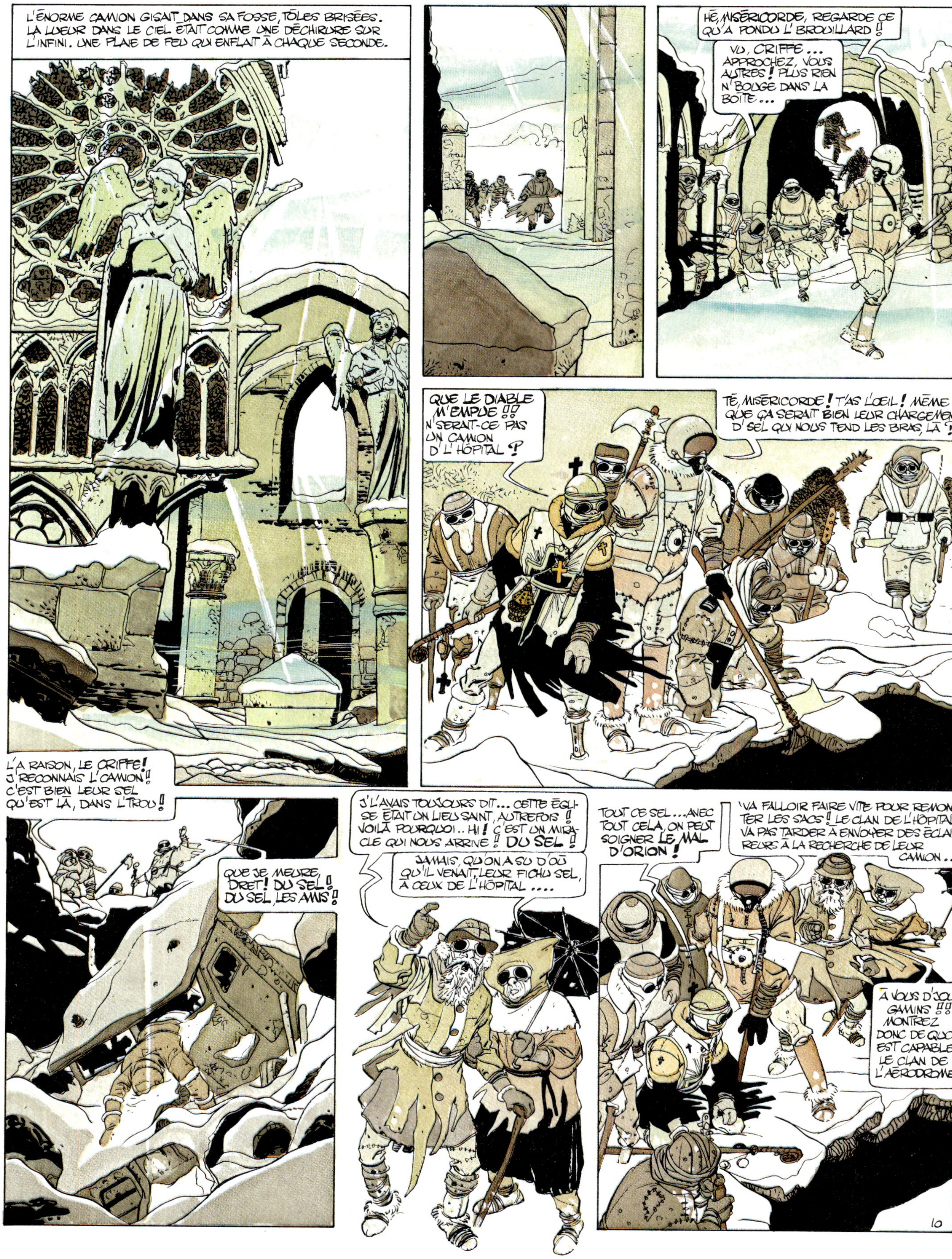
L'ÉNORME CAMION GISAIT DANS SA FOSSE, TÔLES BRISÉES. LA LUEUR DANS LE CIEL ÉTAIT COMME UNE DÉCHIRURE SUR L'INFINI. UNE PLAIE DE FEU QUI ENFLAIT À CHAQUE SECONDE.
HÉ, MISÉRICORDE, REGARDE CE QU'A PONDU L'BROUILLARD !
VU, CRIFFE... APPROCHEZ, VOUS AUTRES ! PLUS RIEN N'BOUGE DANS LA BOITE...
QUE LE DIABLE M'EMPUE !!! N'SERAIT-CE PAS UN CAMION D'L'HÔPITAL ?
TÉ, MISÉRICORDE ! T'AS L'OEIL ! MÊME QUE ÇA SERAIT BIEN LEUR CHARGEMENT D'SEL QUI NOUS TEND LES BRAS, LÀ ?
L'A RAISON, LE CRIFFE ! J'RECONNAIS L'CAMION ! C'EST BIEN LEUR SEL QU'EST LÀ, DANS L'TROU !
QUE JE MEURE, DRET ! DU SEL ! DU SEL, LES AMIS !
J'L'AVAIS TOUJOURS DIT... CETTE ÉGLISE ÉTAIT UN LIEU SAINT, AUTREFOIS ! VOILÀ POURQUOI... HI ! C'EST UN MIRACLE QUI NOUS ARRIVE ! DU SEL !
JAMAIS, QU'ON A SU D'OÙ QU'IL VENAIT, LEUR FICHU SEL, À CEUX DE L'HÔPITAL....
TOUT CE SEL... AVEC TOUT CELA, ON PEUT SOIGNER LE MAL D'ORION !
'VA FALLOIR FAIRE VITE POUR REMONTER LES SACS ! LE CLAN DE L'HÔPITAL VA PAS TARDER À ENVOYER DES ÉCLAIREURS À LA RECHERCHE DE LEUR CAMION..
À VOUS D'JOUER, GAMINS !!! MONTREZ DONC DE QUOI EST CAPABLE LE CLAN DE L'AÉRODROME !
10

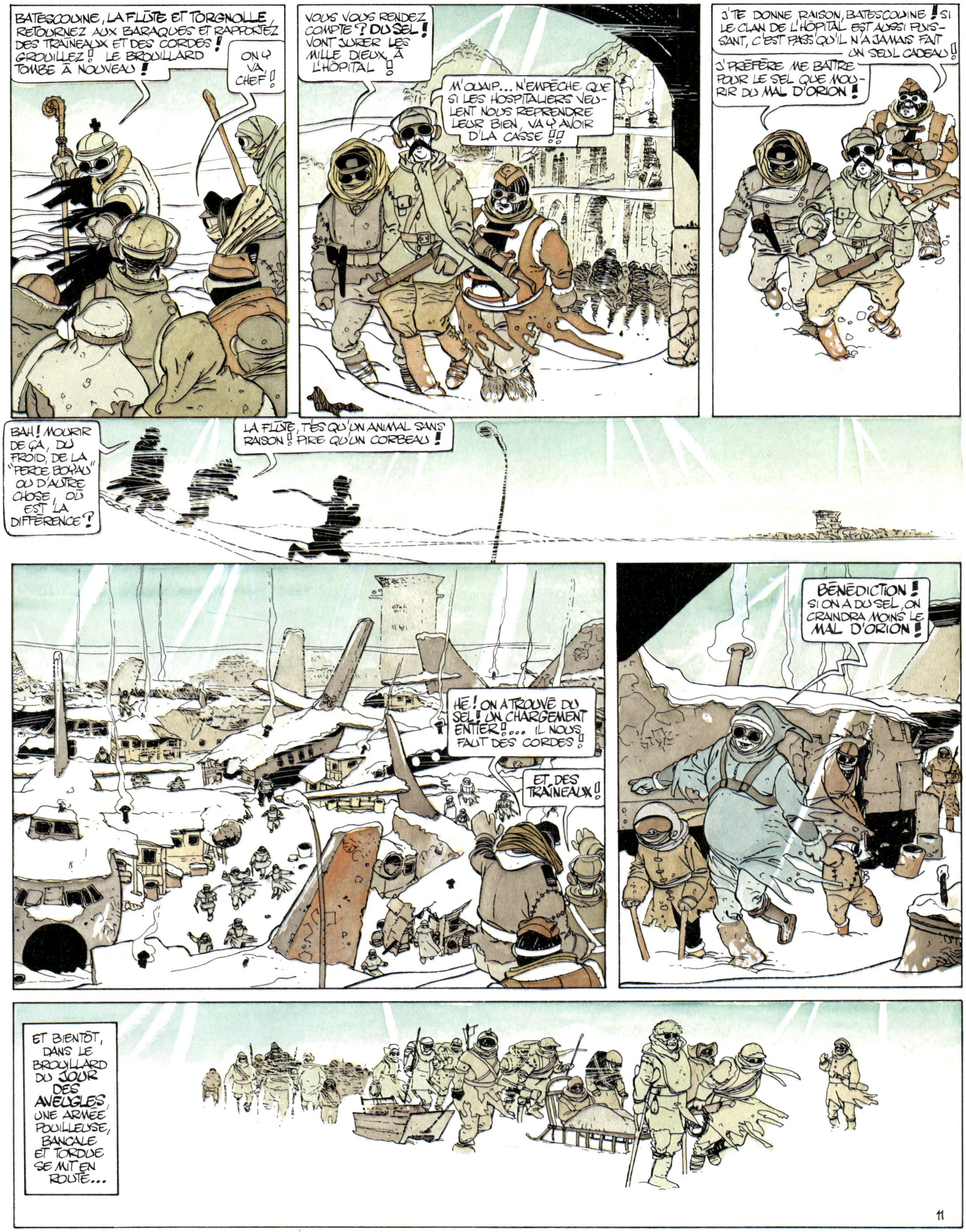
BATESCOUINE, LA FLÛTE ET TORGNOLLE, RETOURNEZ AUX BARAQUES ET RAPPORTEZ DES TRAÎNEAUX ET DES CORDES ! GROUILLEZ ! LE BROUILLARD TOMBE À NOUVEAU !
ON Y VA, CHEF !
VOUS VOUS RENDEZ COMPTE ? DU SEL ! VONT JURER LES MILLE DIEUX, À L'HÔPITAL !
M'OUAIP... N'EMPÊCHE QUE SI LES HOSPITALIERS VEULENT NOUS REPRENDRE LEUR BIEN, VA Y AVOIR D'LA CASSE !!
J'TE DONNE RAISON, BATESCOUINE ! SI LE CLAN DE L'HÔPITAL EST AUSSI PUISSANT, C'EST PASS QU'IL N'A JAMAIS FAIT UN SEUL CADEAU !
J'PRÉFÈRE ME BATTRE POUR LE SEL QUE MOURIR DU MAL D'ORION !
BAH ! MOURIR DE ÇA, DU FROID, DE LA "PERCE BOYAU" OU D'AUTRE CHOSE, OÙ EST LA DIFFÉRENCE ?
LA FLÛTE, T'ES QU'UN ANIMAL SANS RAISON ! PIRE QU'UN CORBEAU !
HÉ ! ON A TROUVÉ DU SEL ! UN CHARGEMENT ENTIER !... IL NOUS FAUT DES CORDES !
ET DES TRAÎNEAUX !
BÉNÉDICTION ! SI ON A DU SEL, ON CRAINDRA MOINS LE MAL D'ORION !
ET BIENTÔT, DANS LE BROUILLARD DU JOUR DES AVEUGLES, UNE ARMÉE POUILLEUSE, BANCALE ET TORDUE SE MIT EN ROUTE...
11

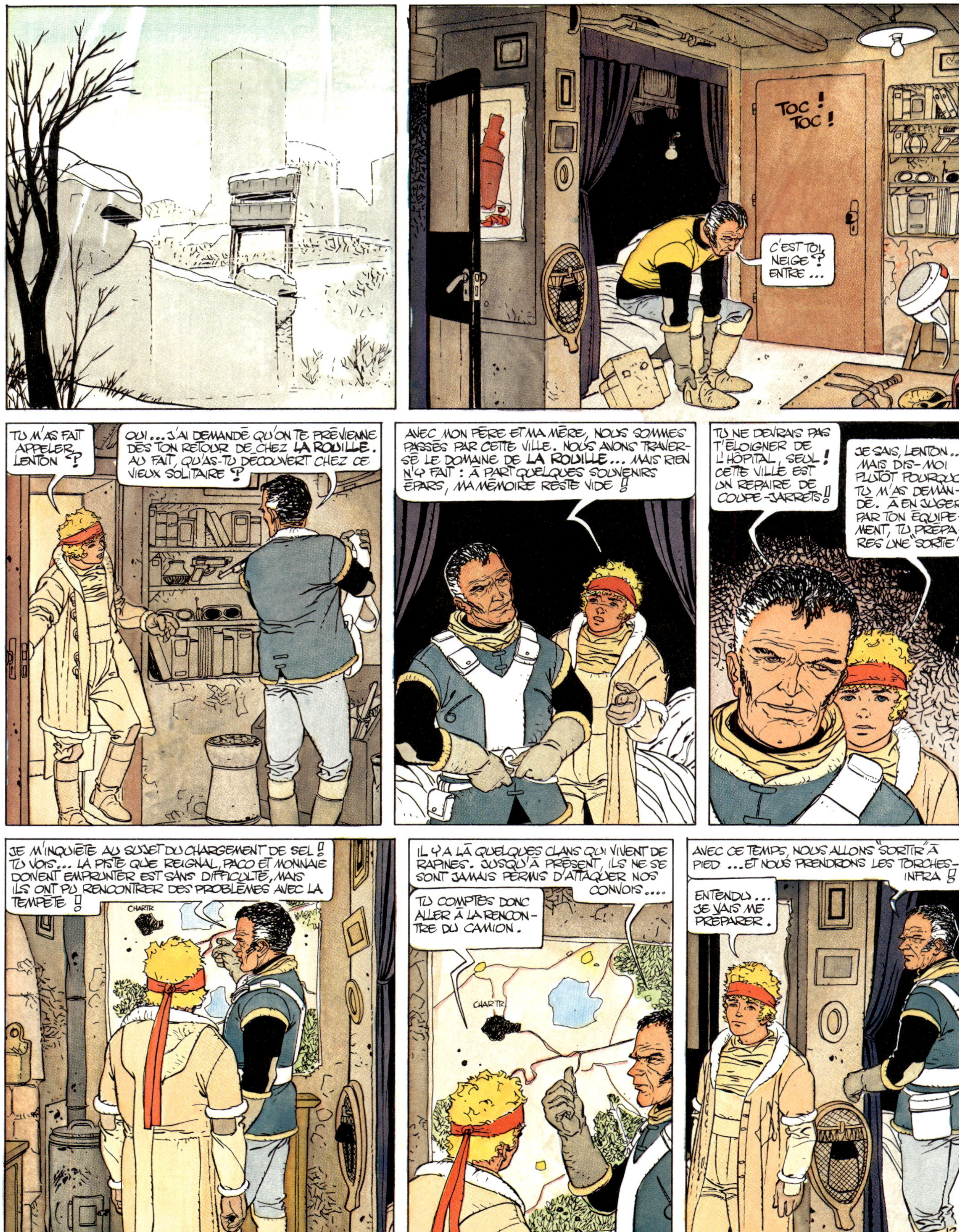
TOC ! TOC !
C'EST TOI, NEIGE ? ENTRE...
TU M'AS FAIT APPELER, LENTON ?
OUI... J'AI DEMANDÉ QU'ON TE PRÉVIENNE DÈS TON RETOUR DE CHEZ **LA ROUILLE**. AU FAIT, QU'AS-TU DÉCOUVERT CHEZ CE VIEUX SOLITAIRE ?
AVEC MON PÈRE ET MA MÈRE, NOUS SOMMES PASSÉS PAR CETTE VILLE. NOUS AVONS TRAVERSÉ LE DOMAINE DE **LA ROUILLE**... MAIS RIEN N'Y FAIT : À PART QUELQUES SOUVENIRS ÉPARS, MA MÉMOIRE RESTE VIDE !
TU NE DEVRAIS PAS T'ÉLOIGNER DE L'HÔPITAL, SEUL ! CETTE VILLE EST UN REPAIRE DE COUPE-JARRETS !
JE SAIS, LENTON... MAIS DIS-MOI PLUTÔT POURQUOI TU M'AS DEMANDÉ. À EN JUGER PAR TON ÉQUIPEMENT, TU PRÉPARES UNE "SORTIE" !
JE M'INQUIÈTE AU SUJET DU CHARGEMENT DE SEL ! TU VOIS... LA PISTE QUE REIGNAL, PACO ET MONNAIE DOIVENT EMPRUNTER EST SANS DIFFICULTÉ, MAIS ILS ONT PU RENCONTRER DES PROBLÈMES AVEC LA TEMPÊTE !
CHARTR
IL Y A LÀ QUELQUES CLANS QUI VIVENT DE RAPINES. JUSQU'À PRÉSENT, ILS NE SE SONT JAMAIS PERMIS D'ATTAQUER NOS CONVOIS....
TU COMPTES DONC ALLER À LA RENCONTRE DU CAMION.
CHARTR
AVEC CE TEMPS, NOUS ALLONS "SORTIR" À PIED ...ET NOUS PRENDRONS LES TORCHES-INFRA !
ENTENDU... JE VAIS ME PRÉPARER.
12

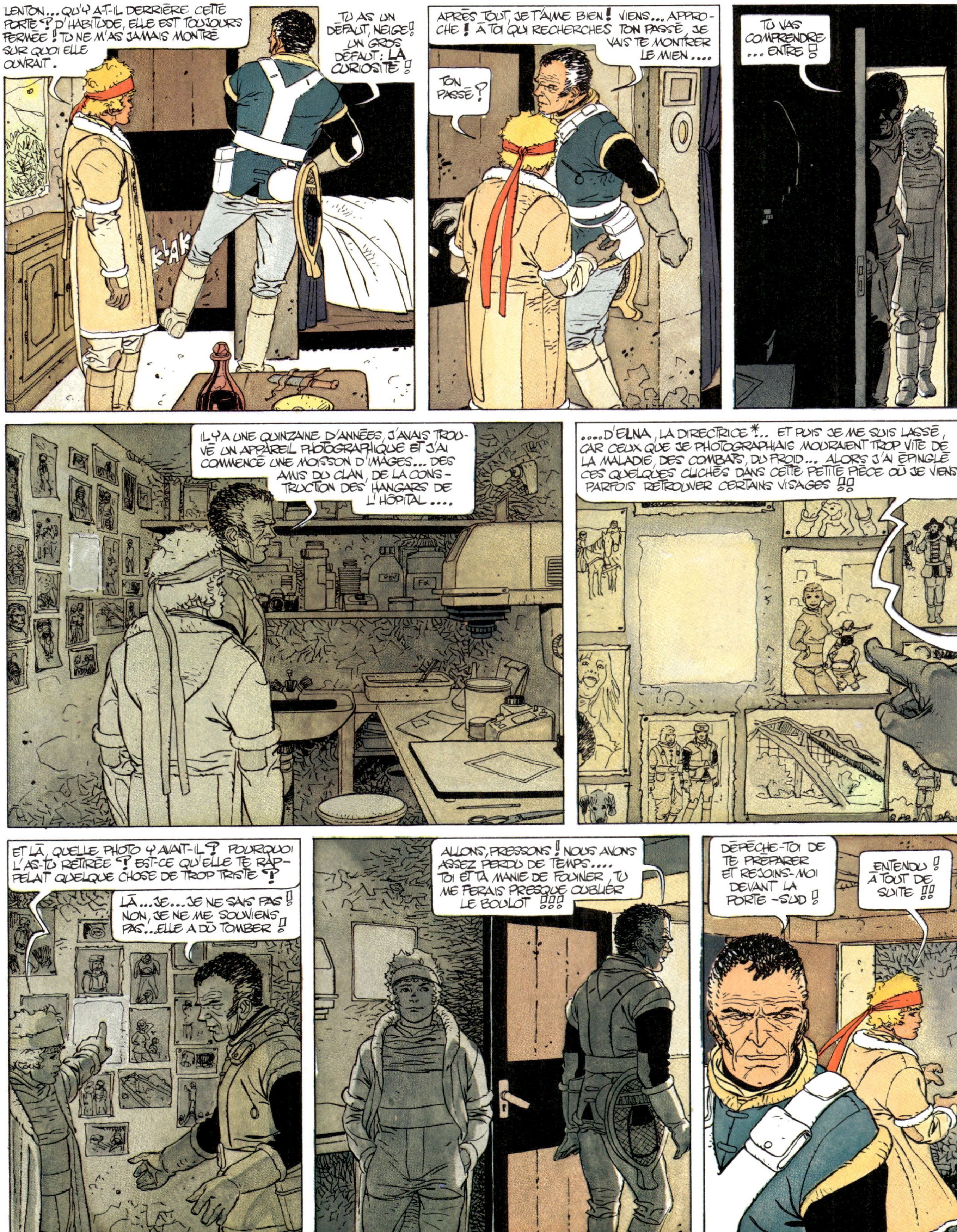

* VOIR "LES BRUMES AVEUGLES"

NEIGE SE DOUTAIT QUE LENTON AVAIT MENTI À PROPOS DE LA PHOTOGRAPHIE. MAIS CELA AVAIT-IL UNE QUELCONQUE IMPORTANCE ? LE PASSÉ DE LENTON NE POUVAIT PAS LE CONCERNER...
CEPENDANT, LOIN DE LA CITÉ, À LA LISIÈRE DES FORÊTS...
...DANS SON FORTIN, CELUI QUI AVAIT RECUEILLI NEIGE, CELUI QUI SE FAISAIT APPELER NORTHMAN, ATTENDAIT....
C'ÉTAIT LE JOUR CONVENU. LE JOUR DU RENDEZ-VOUS DES DOUZE ! ILS ALLAIENT À NOUVEAU SE RÉUNIR... TOUS ! NORTHMAN LES SAVAIT TOUT PROCHES... BIENTÔT, ILS PASSERAIENT SA PORTE.....
L'HOMME AVAIT VIEILLI DEPUIS CE MATIN OÙ IL AVAIT TROUVÉ NEIGE, AGONISANT, DANS LES BRAS MORTS DE SA MÈRE. ILS AVAIENT VÉCU ENSEMBLE DES ANNÉES D'AFFECTION ...DÉSORMAIS, NEIGE ÉTAIT DANS LA VILLE... À LA RECHERCHE D'UN TUEUR !!
PUIS, CE FUT L'HEURE ... "ILS" ÉTAIENT LÀ !
ALORS ?
JE N'AI PAS CESSÉ DE LE "SUIVRE"... IL VIENT DE RETROUVER UNE PISTE. CHEZ CE FERRAILLEUR APPELÉ LA ROUILLE ! MAINTENANT, IL EST RETOURNÉ À L'HÔPITAL... JE NE LE QUITTE PAS !!
14

PENDANT CE TEMPS...
"...NOUS ALLONS PASSER PAR L'AVENUE DES OMBRES" ...SOYEZ VIGILANTS !!
OUAIP ! TU PARLES ! JE SAIS BIEN QUE C'EST LE CHEMIN LE PLUS COURT, N'EMPÊCHE QUE J'AURAIS PRÉFÉRÉ UNE AUTRE PROMENADE, MOI !
LENTON, CETTE AVENUE DES OMBRES..?
TU VAS VOIR, PETIT... C'EST À LA LISIÈRE DES FAUBOURGS. UN ENDROIT POURRI OÙ VÉGÈTENT TOUS CEUX QUE LES CLANS ONT EXCLUS !
LA PETITE TROUPE S'ENFONÇAIT DANS LA VILLE.... LA CRÉATURE QUI SUIVAIT NEIGE, N'AVAIT PAS ABANDONNÉ SA PISTE.
ON APPELLE CES PARIAS DES OMBRES, CAR ILS SE TERRENT, NE SORTANT QUE LA NUIT OU LORSQUE LE BROUILLARD LES DISSIMULE EN PARTIE !
DES BOUFFEURS DE FOIE ! DES CANNIBALES QUI ENTASSENT LES CADAVRES DANS LA NEIGE DE LEURS CAVES !
TENONS-NOUS SUR NOS GARDES.... VOICI L'AVENUE... PASSONS LE PLUS RAPIDEMENT POSSIBLE ET ÉVITONS LES RAMPANTS !
HÉ, LENTON... LEURS GARDE-MANGER DOIVENT ÊTRE VIDES ! REGARDE ! ILS SE FONT MÉCHANTS !
NE LEUR DONNONS SURTOUT PAS LE LOISIR D'APPROCHER ! ABATTEZ LE PREMIER DE CES TUEURS QUI MONTRERAIT LES DENTS !
....PROCHER ! ABATTEZ LE PREMIER DE CES TUEURS QUI MONTRERAIT LES DENTS !
NEIGE... DANS CET ENFER !
15

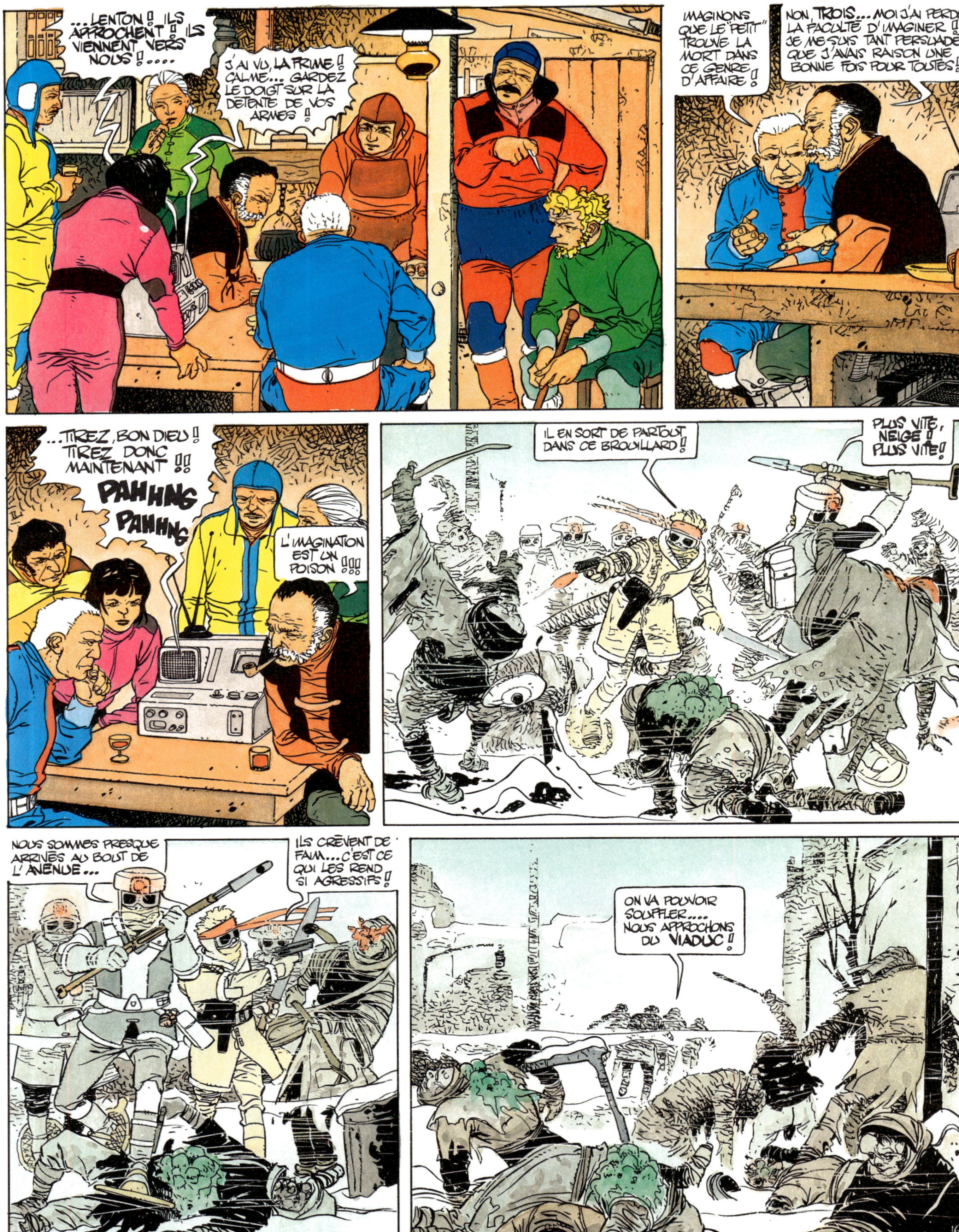
...LENTON ! ILS APPROCHENT ! ILS VIENNENT VERS NOUS !.....
J'AI VU, LA FRIME ! CALME... GARDEZ LE DOIGT SUR LA DÉTENTE DE VOS ARMES !
IMAGINONS QUE LE "PETIT" TROUVE LA MORT DANS CE GENRE D'AFFAIRE !
NON, TROIS... MOI J'AI PERDU LA FACULTÉ D'IMAGINER ! JE ME SUIS TANT PERSUADÉ QUE J'AVAIS RAISON UNE BONNE FOIS POUR TOUTES !
...TIREZ, BON DIEU ! TIREZ DONC MAINTENANT !!
PAHHNG
PAHHNG
L'IMAGINATION EST UN POISON !!!
IL EN SORT DE PARTOUT DANS CE BROUILLARD !
PLUS VITE, NEIGE ! PLUS VITE !
NOUS SOMMES PRESQUE ARRIVÉS AU BOUT DE L'AVENUE...
ILS CRÈVENT DE FAIM... C'EST CE QUI LES REND SI AGRESSIFS !
ON VA POUVOIR SOUFFLER.... NOUS APPROCHONS DU VIADUC !

TU AS PARLÉ D'UN VIADUC, LENTON ? C'EST BIEN CELA ?
OUI... NOUS ALLONS PASSER DESSOUS. C'EST NOTRE CHEMIN.
QU'Y A-T-IL, NEIGE ?
...J'AI L'IMPRESSION ...C'EST ÉTRANGE !
HÉ ! QU'EST-CE QUI LUI PREND, AU MÔME ?
ENCORE !! ...JE CROIS SAVOIR...
C'EST LA BALADE CHEZ LES OMBRES QUI L'A SONNÉ AINSI ?
NON, LA FRIME ! C'EST BIEN PIRE...
...PAPA.. TU ENTENDS ? "ILS" SONT DERRIÈRE NOUS ! LES BRUITS !!
...MAMAN, SERRE-MOI FORT !
17

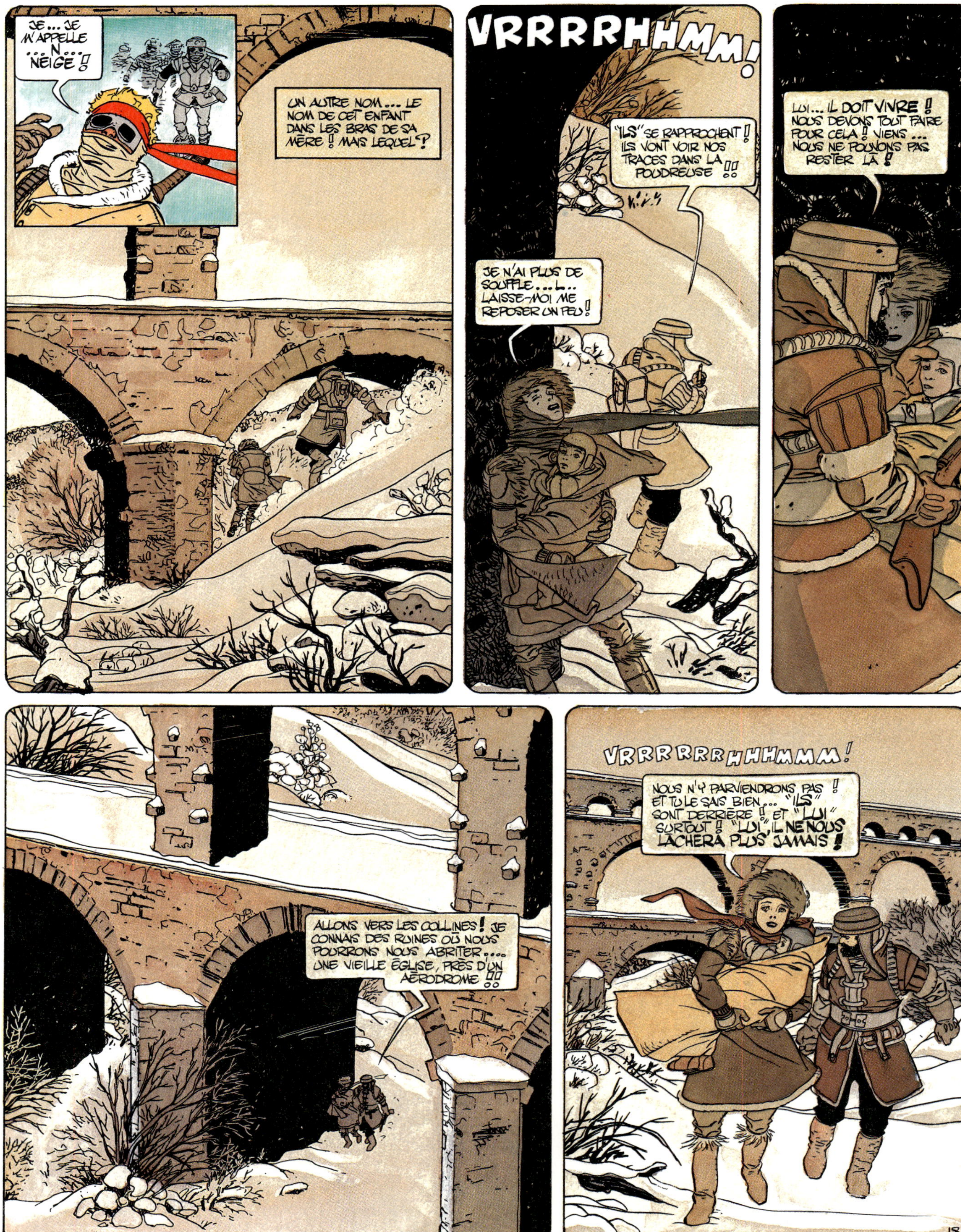
JE... JE M'APPELLE ... N... NEIGE !
UN AUTRE NOM... LE NOM DE CET ENFANT DANS LES BRAS DE SA MÈRE ! MAIS LEQUEL ?
VRRRRRHHMM !
"ILS" SE RAPPROCHENT ! ILS VONT VOIR NOS TRACES DANS LA POUDREUSE !!
JE N'AI PLUS DE SOUFFLE... L... LAISSE-MOI ME REPOSER UN PEU !
LUI... IL DOIT VIVRE ! NOUS DEVONS TOUT FAIRE POUR CELA ! VIENS... NOUS NE POUVONS PAS RESTER LÀ !
ALLONS VERS LES COLLINES ! JE CONNAIS DES RUINES OÙ NOUS POURRONS NOUS ABRITER... UNE VIEILLE ÉGLISE, PRÈS D'UN AÉRODROME !!
VRRRRRRRHHHMMM !
NOUS N'Y PARVIENDRONS PAS ! ET TU LE SAIS BIEN... "ILS" SONT DERRIÈRE ! ET "LUI" SURTOUT ! "LUI" IL NE NOUS LÂCHERA PLUS JAMAIS !
18

"LUI"... IL NE PEUT PAS ABANDONNER LA CHASSE !! "IL" N'A JAMAIS MANQUÉ SON COUP !!
"IL" APPROCHE ! JE VOUDRAIS TANT LE VOIR ... SON VISAGE !!! ... OUI ... IL EST SI PROCHE, PORTEUR DE MORT !...
MAINTENANT, JE CONNAIS LA SUITE .... POUR L'AVOIR VÉCUE MILLE FOIS !! LA MORT BAT DES AILES AU-DESSUS DE NOUS... NOUS NE PARVIENDRONS JAMAIS DANS L'ABRI ESPÉRÉ !!
NEIGE ... NEIGE .... NEIGE !
NEIGE ! AH, ENFIN ! TU N'AS MAL NULLE PART ? ÇA VA ?
LENTON ... OUI ... LE VIADUC !!
EH BIEN ?
... LA MÉMOIRE M'EST REVENUE SOUDAINEMENT ... AU SUJET DU VIADUC ! NOUS SOMMES PASSÉS DESSOUS, AVEC MES PARENTS, ALORS QUE NOUS ÉTIONS EN FUITE !!!
C'EST PLUS LOIN, DANS CETTE DIRECTION, QUE NOUS AVONS ÉTÉ REJOINTS PAR NOS POURSUIVANTS.
19

C'EST COMME UNE TORTURE... À CHAQUE INSTANT, LA DOULEUR DU PASSÉ PEUT M'ATTAQUER !
TU AS TORT, PETIT ! TU AS TORT DE VOULOIR ÉCOUTER CE GENRE DE SIRÈNES !
REGARDEZ CE QUI ARRIVE !
VU, NADIA... REPARTONS VITE !... ALLUMEZ TOUS VOS LAMPES-INFRA ! CETTE COCHONNERIE DE BROUILLARD VA CHASSER LE JOUR DES AVEUGLES, MAIS NOUS N'Y VERRONS BIENTÔT PLUS RIEN !..
HÉ, LENTON, J'ESPÈRE QUE TU SAIS OÙ TU NOUS FAIS METTRE LES PIEDS !
JE CONNAIS BIEN CETTE PISTE !... SURTOUT, NE VOUS ÉCARTEZ PAS DE MES TRACES !!
NOUS Y SOMMES ! À PARTIR D'ICI COMMENCE LA VOIE QUE DEVRAIT EMPRUNTER LE CAMION DE PACO !!
ON N'ENTEND RIEN. PAS UN BRUIT DE MOTEUR !
EN EFFET... RIEN ! ILS DOIVENT ÊTRE LOIN D'ICI. POURTANT, DEPUIS LE TEMPS...
S'ILS SONT TOMBÉS EN PANNE, ILS ATTENDENT SANS DOUTE DU SECOURS, COINCÉS DANS LE VÉHICULE À CAUSE DE CE FICHU TEMPS !
ALLONS PLUS EN AVANT, NOUS VERRONS BIEN !
LE VENT LEUR DÉCHIRAIT LES OREILLES... LEUR HURLANT UNE CHANSON HYSTÉRIQUE ! LA NEIGE ALOURDISSANT LEUR MARCHE ...TOUS LES DÉMONS DE CE MONDE CAHOTIQUE VENAIENT DE SE RÉVEILLER... ET ILS RIAIENT, RIAIENT... RIAIENT !
20

AAAAAAHHHH...
QU'..!!
LENTON... QU'EST-CE QUE C'ÉTAIT QUE CETTE HORREUR?
JE N'EN SAIS RIEN, NEIGE...
ON AURAIT DIT UN FANTÔME! QUI GUEULAIT PAREIL À UN PORC QU'ON ÉGORGE!
C'ÉTAIT PEUT-ÊTRE UNE OMBRE!
LES OMBRES NE S'AVENTURENT JAMAIS HORS DE LA VILLE! NON, C'ÉTAIT AUTRE CHOSE! MAIS DANS CE BROUILLARD, COMMENT RETROUVER QUOI QUE CE SOIT?
QU'Y A-T-IL, NEIGE?
DERRIÈRE, LÀ... JE CROYAIS AVOIR ENTENDU... MAIS NON, IL N'Y A RIEN!
MAIS LA CRÉATURE ÉTAIT LÀ, IMMOBILE. ELLE AVAIT VU LE "DÉMON" SURGIR DU BROUILLARD ET DISPARAÎTRE AUSSITÔT... ELLE AVAIT "SENTI" LA PEUR DE NEIGE... CETTE PEUR INTENSE, HUMIDE ET GLUANTE!.... LA CRÉATURE ÉTAIT LÀ, QUI VEILLAIT!!!....
ELLE SE REMIT EN MARCHE POUR SUIVRE LE PETIT GROUPE DE LENTON....
...POUR SUIVRE NEIGE!!
21

REGARDEZ !
IL A DISPARU À NOUVEAU !
COMME DANS UN CAUCHEMAR !
OUI... CETTE FOIS, NE LE PERDONS PLUS !!!
ICI ! VITE !!!
IL NE BOUGE PLUS... IL NOUS ATTEND....
RESTE EN RETRAIT, PETIT... JE VAIS M'APPROCHER POUR APPRIVOISER CE SINISTRE ANIMAL !
ON DIRAIT QU'IL EST MORT DE PEUR ! OUI... JE CROIS COMPRENDRE.... PAR LA PESTE D'ORION !
RESTE ! NOUS NE TE VOULONS AUCUN MAL !
AAAAH !!! NON NOOOON !
AAAHH ! AAAAHH !!
VITE ! ATTRAPONS-LE AVANT QU'IL NE SE BRISE LES OS !!!
MAIS QUI EST-CE ?
TU N'AS DONC PAS RECONNU SA VOIX, LONGUET ?
22

LE VOILÀ... SORTONS-LE RAPIDEMENT DE LA NEIGE AVANT QU'IL SOIT ENTIÈREMENT GELÉ !!
POURVU QUE...
LE MALHEUREUX... DANS QUEL ÉTAT IL EST !
FACO ! MON PAUVRE VIEUX FACO ! C'EST MOI, LENTON.... TU M'ENTENDS ? JE SUIS AVEC TES AMIS. NOUS ALLONS TE SOIGNER !!
L... LENTON ! MES YEUX MES YEUX !
QU'EST-IL ARRIVÉ POUR QU'IL SE LANCE DANS LE JOUR DES AVEUGLES SANS LUNETTES ET SANS GANTS ?
SES YEUX SONT MORTS ! PERDUS !!
IL NE TIENDRA JAMAIS JUSQU'À LA VILLE.... IL FAUDRAIT LUI DONNER DES SOINS RAPIDEMENT !
À TRENTE MINUTES D'ICI, AU NORD, IL Y A UNE RUINE OÙ NOUS POURRONS NOUS ABRITER....
23

REIGNAL... MONNAIE ! ILS SONT DANS LE CAMION.... DANS LA FOSSE ! L'ANGE LES REGARDE ! L'ANGE QUI ÉTEND SES AILES !
PAUVRE TYPE ! IL DÉLIRE ! IL EST BRÛLANT DE FIÈVRE !
LENTON, TU ES LÀ ? TU M'ENTENDS ? IL FAUT QU'T'AILLES LES RETIRER DE CE TROU ! MES DEUX POTES, REIGNAL ET MONNAIE... LAISSE PAS LES DÉMONS LEUR BOUFFER LES TRIPES !!
CALME-TOI, PACO... JE TE LE PROMETS, NOUS ALLONS LES SORTIR DE LÀ ! TU VAS NOUS Y AIDER EN NOUS DISANT CE QUI S'EST PASSÉ... PLUS TARD, QUAND NOUS T'AURONS SOIGNÉ !!
ENCORE UN DERNIER EFFORT, PACO ! NOUS SOMMES ARRIVÉS OÙ TU VAS POUVOIR TE REPOSER...
... OU CREVER ! FROID... SI FROID ! JE L'AVAIS DIT À REIGNAL... ON QUITTAIT LA PISTE À CAUSE DE CE MAUDIT BROUILLARD QUI COLLAIT AU PARE-BRISE ! ET LE SOL S'EST OUVERT SOUS NOS ROUES !!!
IL NE SEMBLE PAS QU'IL Y AIT LE MOINDRE.... SQUAT !... ON PEUT Y ALLER....
IL ÉTAIT TEMPS !... NOUS COMMENCIONS À NE PLUS RIEN Y VOIR ! MÊME AVEC LES LAMPES - INFRA !
SERVEZ VOUS
elf
24

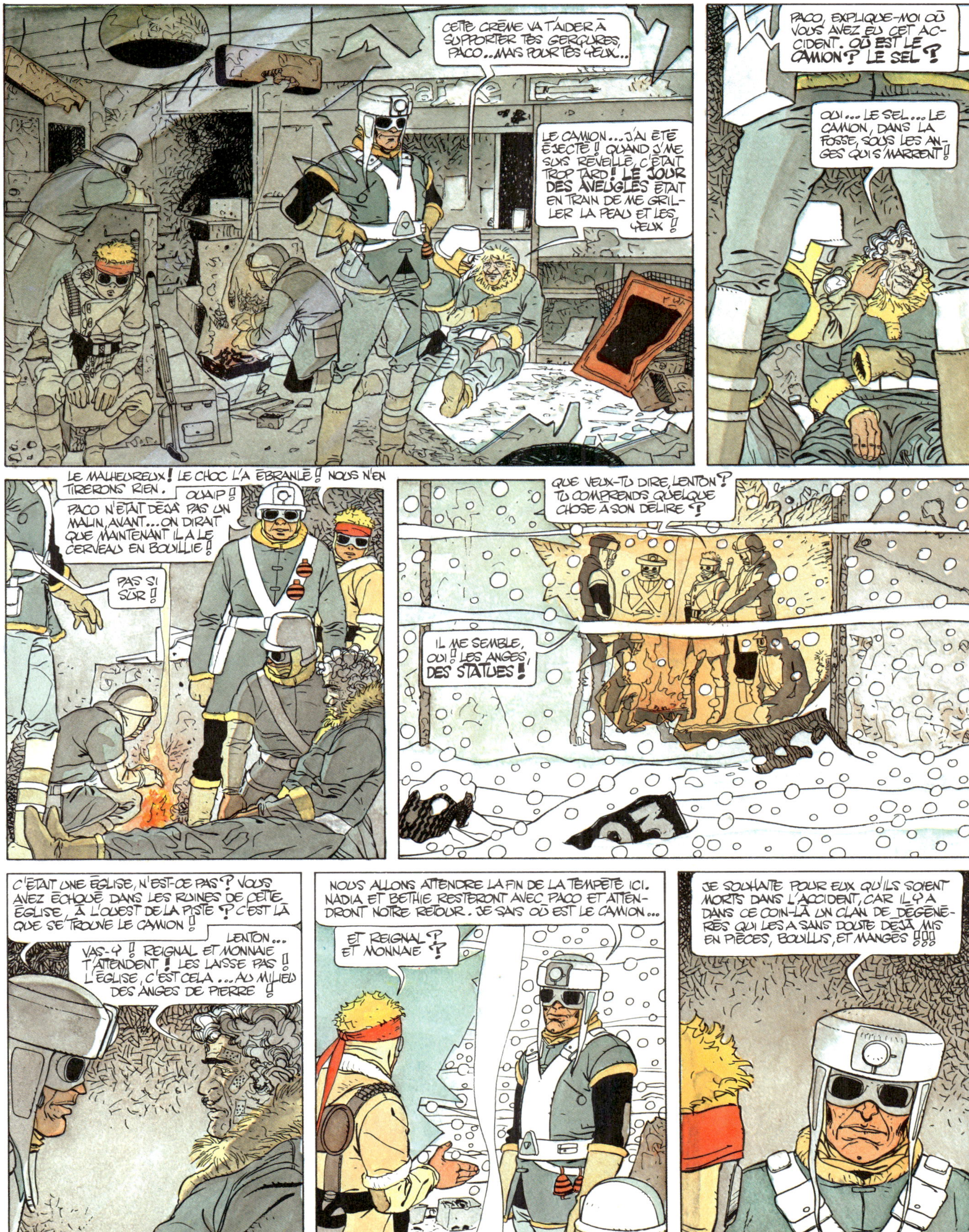
CETTE CRÈME VA T'AIDER À SUPPORTER TES GERÇURES, PACO... MAIS POUR TES YEUX...
LE CAMION... J'AI ÉTÉ ÉJECTÉ ! QUAND J'ME SUIS RÉVEILLÉ, C'ÉTAIT TROP TARD ! LE JOUR DES AVEUGLES ÉTAIT EN TRAIN DE ME GRILLER LA PEAU ET LES YEUX !
PACO, EXPLIQUE-MOI OÙ VOUS AVEZ EU CET ACCIDENT. OÙ EST LE CAMION ? LE SEL ?
OUI... LE SEL... LE CAMION, DANS LA FOSSE, SOUS LES ANGES QUI S'MARRENT !
LE MALHEUREUX ! LE CHOC L'A ÉBRANLÉ ! NOUS N'EN TIRERONS RIEN.
OUAIP ! PACO N'ÉTAIT DÉJÀ PAS UN MALIN, AVANT... ON DIRAIT QUE MAINTENANT IL A LE CERVEAU EN BOUILLIE !
PAS SI SÛR !
QUE VEUX-TU DIRE, LENTON ? TU COMPRENDS QUELQUE CHOSE À SON DÉLIRE ?
IL ME SEMBLE, OUI ! LES ANGES, DES STATUES !
C'ÉTAIT UNE ÉGLISE, N'EST-CE PAS ? VOUS AVEZ ÉCHOUÉ DANS LES RUINES DE CETTE ÉGLISE, À L'OUEST DE LA PISTE ? C'EST LÀ QUE SE TROUVE LE CAMION !
LENTON... VAS-Y ! REIGNAL ET MONNAIE T'ATTENDENT ! LES LAISSE PAS ! L'ÉGLISE, C'EST CELA... AU MILIEU DES ANGES DE PIERRE !
NOUS ALLONS ATTENDRE LA FIN DE LA TEMPÊTE ICI. NADIA ET BETHIE RESTERONT AVEC PACO ET ATTENDRONT NOTRE RETOUR. JE SAIS OÙ EST LE CAMION...
ET REIGNAL ? ET MONNAIE ?
JE SOUHAITE POUR EUX QU'ILS SOIENT MORTS DANS L'ACCIDENT, CAR IL Y A DANS CE COIN-LÀ UN CLAN DE DÉGÉNÉRÉS QUI LES A SANS DOUTE DÉJÀ MIS EN PIÈCES, BOUILLIS, ET MANGÉS !!!
25

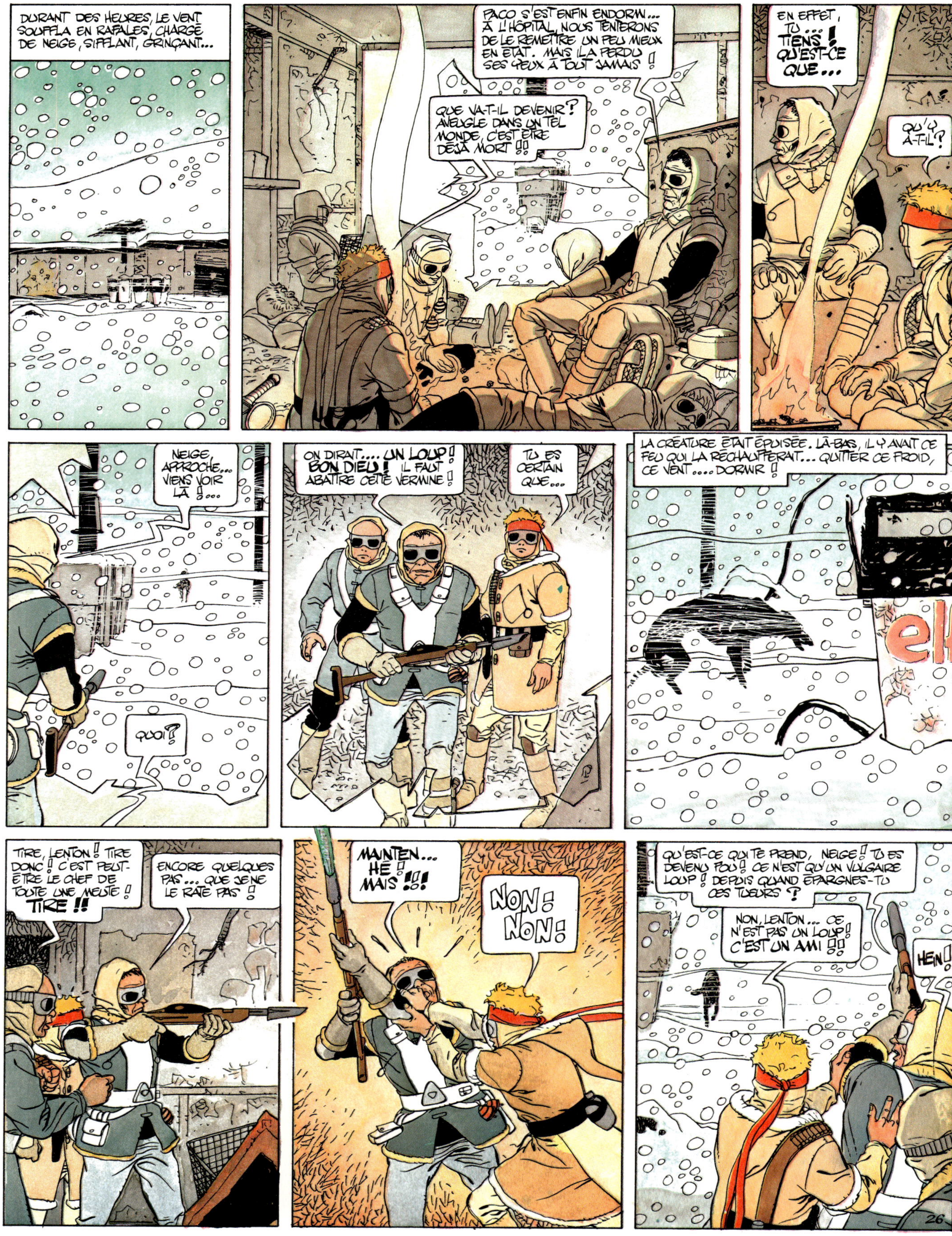
DURANT DES HEURES, LE VENT SOUFFLA EN RAFALES, CHARGÉ DE NEIGE, SIFFLANT, GRINÇANT...
PACO S'EST ENFIN ENDORMI... À L'HÔPITAL, NOUS TENTERONS DE LE REMETTRE UN PEU MIEUX EN ÉTAT. MAIS IL A PERDU SES YEUX À TOUT JAMAIS !
QUE VA-T-IL DEVENIR ? AVEUGLE DANS UN TEL MONDE, C'EST ÊTRE DÉJÀ MORT !!
EN EFFET, TU... TIENS ! QU'EST-CE QUE...
QU'Y A-T-IL ?
NEIGE, APPROCHE... VIENS VOIR LÀ !...
QUOI ?
ON DIRAIT.... UN LOUP ! BON DIEU ! IL FAUT ABATTRE CETTE VERMINE !
TU ES CERTAIN QUE...
LA CRÉATURE ÉTAIT ÉPUISÉE. LÀ-BAS, IL Y AVAIT CE FEU QUI LA RÉCHAUFFERAIT... QUITTER CE FROID, CE VENT.... DORMIR !
TIRE, LENTON ! TIRE DONC ! C'EST PEUT-ÊTRE LE CHEF DE TOUTE UNE MEUTE ! TIRE !!
ENCORE QUELQUES PAS... QUE JE NE LE RATE PAS !
MAINTEN... HÉ ! MAIS !?!
NON ! NON !
QU'EST-CE QUI TE PREND, NEIGE ! TU ES DEVENU FOU ! CE N'EST QU'UN VULGAIRE LOUP ! DEPUIS QUAND ÉPARGNES-TU CES TUEURS ?
NON, LENTON... CE N'EST PAS UN LOUP ! C'EST UN AMI !!
HEIN !
26

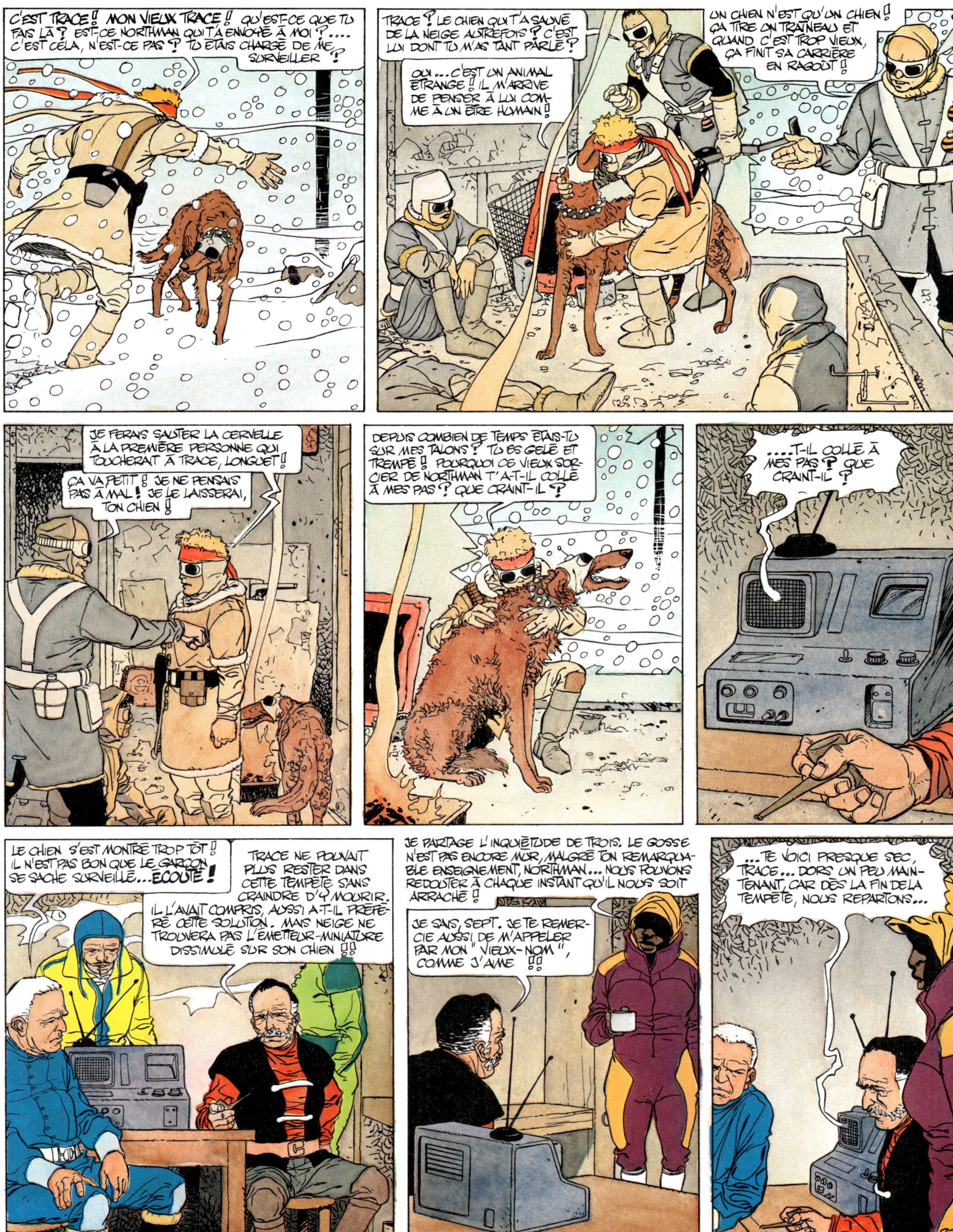
C'EST TRACE ! MON VIEUX TRACE ! QU'EST-CE QUE TU FAIS LÀ ? EST-CE NORTHMAN QUI T'A ENVOYÉ À MOI ?.... C'EST CELA, N'EST-CE PAS ? TU ÉTAIS CHARGÉ DE ME SURVEILLER ?
TRACE ? LE CHIEN QUI T'A SAUVÉ DE LA NEIGE AUTREFOIS ? C'EST LUI DONT TU M'AS TANT PARLÉ ?
OUI... C'EST UN ANIMAL ÉTRANGE ! IL M'ARRIVE DE PENSER À LUI COMME À UN ÊTRE HUMAIN !
UN CHIEN N'EST QU'UN CHIEN ! ÇA TIRE UN TRAÎNEAU ET QUAND C'EST TROP VIEUX, ÇA FINIT SA CARRIÈRE EN RAGOÛT !
JE FERAIS SAUTER LA CERVELLE À LA PREMIÈRE PERSONNE QUI TOUCHERAIT À TRACE, LONGUET !
ÇA VA PETIT ! JE NE PENSAIS PAS À MAL ! JE LE LAISSERAI, TON CHIEN !
DEPUIS COMBIEN DE TEMPS ÉTAIS-TU SUR MES TALONS ? TU ES GELÉ ET TREMPÉ ! POURQUOI CE VIEUX SORCIER DE NORTHMAN T'A-T-IL COLLÉ À MES PAS ? QUE CRAINT-IL ?
....T-IL COLLÉ À MES PAS ? QUE CRAINT-IL ?
LE CHIEN S'EST MONTRÉ TROP TÔT ! IL N'EST PAS BON QUE LE GARÇON SE SACHE SURVEILLÉ... ÉCOUTE !
TRACE NE POUVAIT PLUS RESTER DANS CETTE TEMPÊTE SANS CRAINDRE D'Y MOURIR. IL L'AVAIT COMPRIS, AUSSI A-T-IL PRÉFÉRÉ CETTE SOLUTION. MAIS NEIGE NE TROUVERA PAS L'ÉMETTEUR-MINIATURE DISSIMULÉ SUR SON CHIEN !!
JE PARTAGE L'INQUIÉTUDE DE TROIS. LE GOSSE N'EST PAS ENCORE MÛR, MALGRÉ TON REMARQUABLE ENSEIGNEMENT, NORTHMAN... NOUS POUVONS REDOUTER À CHAQUE INSTANT QU'IL NOUS SOIT ARRACHÉ !
JE SAIS, SEPT. JE TE REMERCIE AUSSI, DE M'APPELER PAR MON "VIEUX-NOM", COMME J'AIME !!
...TE VOICI PRESQUE SEC, TRACE... DORS UN PEU MAINTENANT, CAR DÈS LA FIN DE LA TEMPÊTE, NOUS REPARTONS...
27

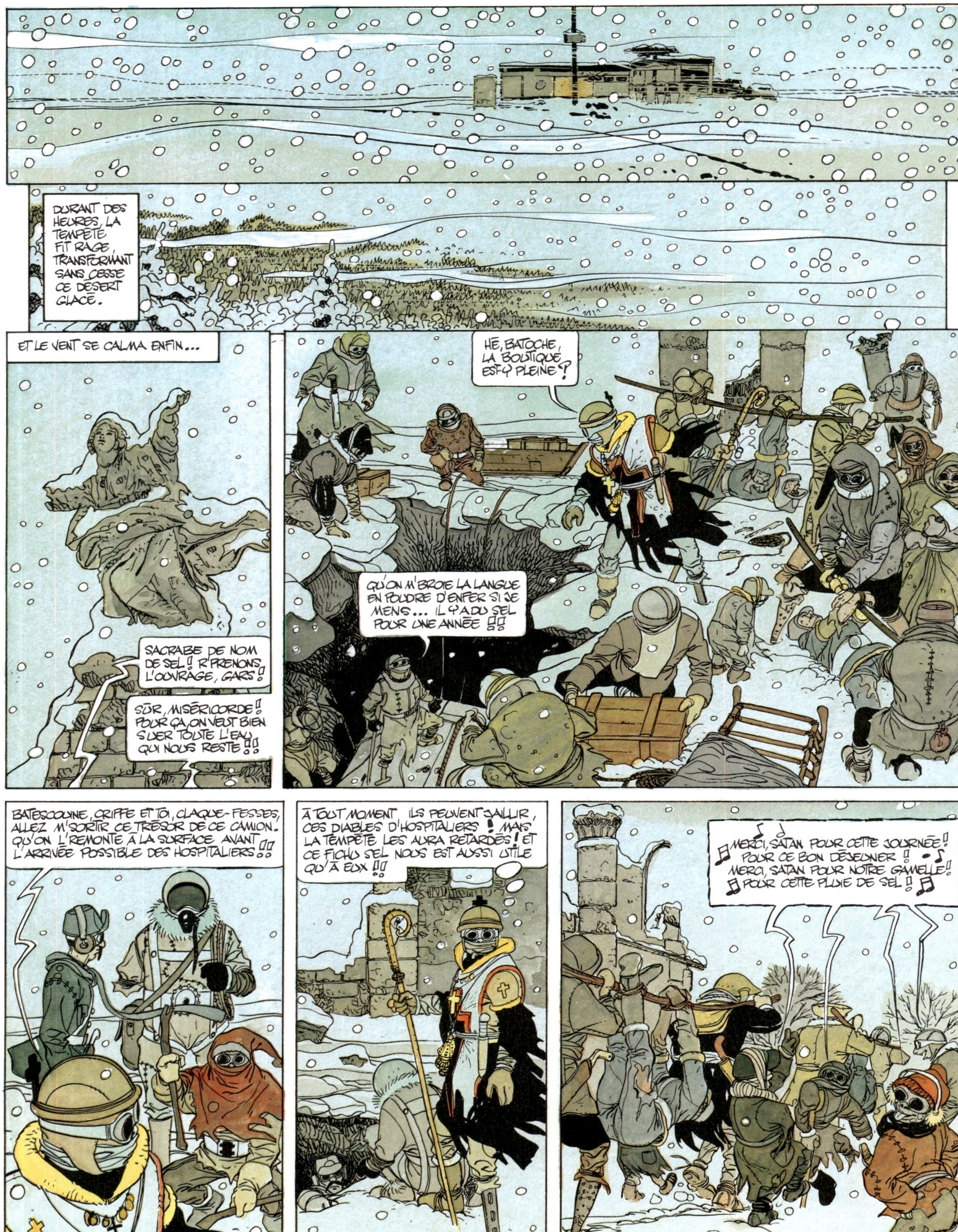

DURANT DES HEURES, LA TEMPÊTE FIT RAGE, TRANSFORMANT SANS CESSE CE DÉSERT GLACÉ.
ET LE VENT SE CALMA ENFIN...
SACRABE DE NOM DE SEL ! R'PRENONS L'OUVRAGE, GARS !
SÛR, MISÉRICORDE ! POUR ÇA, ON VEUT BIEN SUER TOUTE L'EAU QUI NOUS RESTE !!!
HÉ, BATOCHE, LA BOUTIQUE EST-Y PLEINE ?
QU'ON M'BROIE LA LANGUE EN POUDRE D'ENFER SI JE MENS... IL Y A DU SEL POUR UNE ANNÉE !!!
BATESCOUINE, CRIFFE ET TOI, CLAQUE-FESSES, ALLEZ M'SORTIR CE TRÉSOR DE CE CAMION. QU'ON L'REMONTE À LA SURFACE AVANT L'ARRIVÉE POSSIBLE DES HOSPITALIERS !!!
À TOUT MOMENT ILS PEUVENT JAILLIR, CES DIABLES D'HOSPITALIERS ! MAIS LA TEMPÊTE LES AURA RETARDÉS ! ET CE FICHU SEL NOUS EST AUSSI UTILE QU'À EUX !!!
MERCI, SATAN POUR CETTE JOURNÉE ! POUR CE BON DÉJEUNER ! MERCI, SATAN POUR NOTRE GAMELLE ! POUR CETTE PLUIE DE SEL !
28

C'EST BIEN COMPRIS ; VOUS NE BOUGEZ PAS D'ICI JUSQU'À NOTRE RETOUR ... POUR L'INSTANT, PACO EST INTRANSPORTABLE.
NOUS CHANGERONS SES COMPRESSES TRÈS SOUVENT ... C'EST TOUT CE QUE NOUS POURRONS FAIRE !!
SI NOUS DEVONS CROIRE PACO, LE CAMION DE SEL EST TOMBÉ DANS LE TERRITOIRE DU CLAN DE L'AÉRODROME !
TU CONNAIS BIEN CE CLAN ?
C'EST UN CLAN DE DÉGÉNÉRÉS ! À SA TÊTE, IL Y A UNE SORTE DE FOU MYSTIQUE QUI SE FAIT APPELER MISÉRICORDE ! ILS VIVENT COMME AU MOYEN-ÂGE, DANS LEUR CRASSE ET LEUR FOLIE !
OUAIS... RIEN À ESPÉRER DE CES DINGUES ! S'ILS ONT MIS LA MAIN SUR LE CAMION, IL Y AURA DE LA CASSE POUR LE RÉCUPÉRER !
PLUS TARD...
NOUS Y SOMMES ! MAIS C'EST CE QUE JE CRAIGNAIS : MISÉRICORDE ET SA BANDE DE FOUS SONT À L'ŒUVRE !
ET MONNAIE... ... REIGNAL ?
N'Y PENSE PLUS, GARÇON... NOUS NE LES REVERRONS PLUS JAMAIS !!
SUIVEZ-MOI ... NOUS ALLONS NOUS APPROCHER DES RUINES ... LÀ-BAS, IL Y A UNE PETITE BUTTE DERRIÈRE LAQUELLE NOUS POURRONS NOUS DISSIMULER !!
29

REGARDEZ, MES PETITS APÔTRES ! REGARDEZ CE QUE NOUS A ENVOYÉ L'ANGE ! QUE LE DIABLE M'EMPUE ! FAUDRAIT TOUTE UNE ARMÉE DE DÉMONS POUR NOUS REPRENDRE CE TRÉSOR !
QUE LA GRIPETTE ME TORDE LE COU ! ON POURRA SOIGNER NOS CARCASSES AVEC TOUT CE SEL !!
HÂTEZ-VOUS DONC, TRAÎNE-PATINS ! ET TOI, CLAQUE-FESSES, NE MESURE PAS TA SUEUR !
HÉ ! MISÉRICORDE... C'EST QUE CES CAISSES SONT BIGREMENT LOURDES !
MERCI, SATAN, POUR NOTRE GAMELLE ! POUR CETTE PLUIE DE SEL !
DIS-MOI, CRACHE-VENIN, SAURAS-TU ENCORE "TRANSFORMER" LE SEL ?
POUR QUI ME PRENDS-TU, MAUDIT SOUTANIER ? DE TOUT CE SEL, JE SAURAI ENCORE TE "SORTIR" AU MOINS CINQ CENTS LITRES DE VACCIN ! DE QUOI VOUS EMPÊCHER TOUS DE MOURIR DU MAL D'ORION PENDANT DIX ANS !
ME DEMANDER ÇA, À MOI ! BIEN SÛR QUE JE SAURAI ENCORE "TRANSFORMER" LE SEL ! ÇA NE S'OUBLIE PAS !
TU L'AS VEXÉE, LA VIEILLE CRACHE-VENIN, MISÉRICORDE !
OUI... PARCE QUE JE L'AIME BIEN, CETTE VIEILLE PEAU ! N'EMPÊCHE, CE N'EST PAS SON REJETON QUI PRENDRA SA RELÈVE... ELLE SERA BIENTÔT OBLIGÉE DE NOUS TRANSMETTRE SES SECRETS !
QU'EST-CE QUE TU REGARDES, MON PETIT BATTE-FEU ?
LÀ...
EH BIEN QUOI ! IL N'Y A QUE QUELQUES CORBEAUX... C'EST TOUT !
NON... J'AI APERÇU AUTRE CHOSE ! UNE SILHOUETTE !
ALLONS VOIR... DIEU EST AVEC MOI, EN CE SAINT JOUR ! IL M'A PRIS SOUS SON BRAS, ET JE NE CRAINS RIEN...
HEU... SOIS PRUDENT ! MÊME AVEC DIEU !!
30

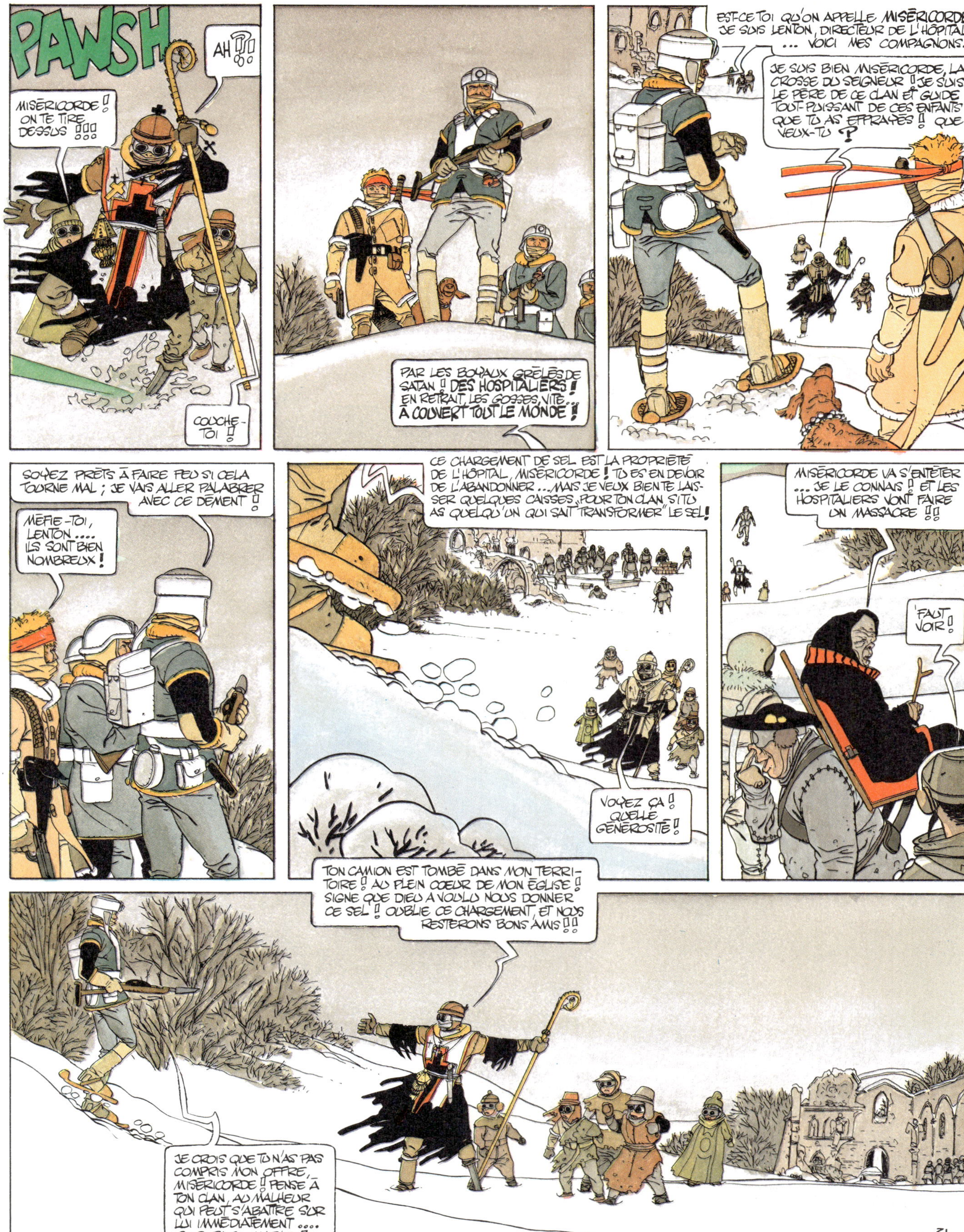

PAWSH
AH ?!!
MISÉRICORDE ! ON TE TIRE DESSUS !!!
COUCHE-TOI !
PAR LES BOYAUX GRÊLÉS DE SATAN ! DES HOSPITALIERS ! EN RETRAIT, LES GOSSES, VITE... À COUVERT TOUT LE MONDE !
EST-CE TOI QU'ON APPELLE MISÉRICORDE ? JE SUIS LENTON, DIRECTEUR DE L'HÔPITAL ... VOICI MES COMPAGNONS..
JE SUIS BIEN MISÉRICORDE, LA CROSSE DU SEIGNEUR ! JE SUIS LE PÈRE DE CE CLAN ET GUIDE TOUT-PUISSANT DE CES ENFANTS QUE TU AS EFFRAYÉS ! QUE VEUX-TU ?
SOYEZ PRÊTS À FAIRE FEU SI CELA TOURNE MAL ; JE VAIS ALLER PALABRER AVEC CE DÉMENT !
MÉFIE-TOI, LENTON.... ILS SONT BIEN NOMBREUX !
CE CHARGEMENT DE SEL EST LA PROPRIÉTÉ DE L'HÔPITAL, MISÉRICORDE ! TU ES EN DEVOIR DE L'ABANDONNER ... MAIS JE VEUX BIEN TE LAISSER QUELQUES CAISSES, POUR TON CLAN, SI TU AS QUELQU'UN QUI SAIT "TRANSFORMER" LE SEL !
VOYEZ ÇA ! QUELLE GÉNÉROSITÉ !
MISÉRICORDE VA S'ENTÊTER ... JE LE CONNAIS ! ET LES HOSPITALIERS VONT FAIRE UN MASSACRE !!
'FAUT VOIR !
TON CAMION EST TOMBÉ DANS MON TERRITOIRE ! AU PLEIN COEUR DE MON ÉGLISE ! SIGNE QUE DIEU A VOULU NOUS DONNER CE SEL ! OUBLIE CE CHARGEMENT, ET NOUS RESTERONS BONS AMIS !!
JE CROIS QUE TU N'AS PAS COMPRIS MON OFFRE, MISÉRICORDE ! PENSE À TON CLAN, AU MALHEUR QUI PEUT S'ABATTRE SUR LUI IMMÉDIATEMENT .... SOIS RAISONNABLE !
31

CE SEL EST À NOUS ! À MORT LES HOSPITALIERS !!
CRIFFE ! NON !
À MORT ! POUSSE-TOI, MISÉRICORDE QUE J'ABATTE CET ENFANT DU DIABLE !
NON ! CALME-TOI, CRIFFE ! ARRÊTE !
PAW PAW PAW PAW PAW PAW
LE FOU... IL VA RÉUSSIR À TOUCHER LENTON !
MAUDIT HOSPITALIER ! TU SAIS... ÇA MEURT COMME TOUT LE MONDE, UN HOSPITALIER ! TU VAS VOIR !!
LÂCHE CETTE PÉTOIRE, CRIFFE ! TU AS DONC LA CERVELLE EN HOSTIBOUÈRE POUR ÊTRE AUSSI SOT !
C'EST NOTRE SEL... LE SEL DE VIE ! N... NOTRE SEL !!
PAUVRE MALHEUREUX...
PAWF PAWF PAWF PAW PAW
... SEL DE LA V...
CRIFFE !! CRIFFE !!
32

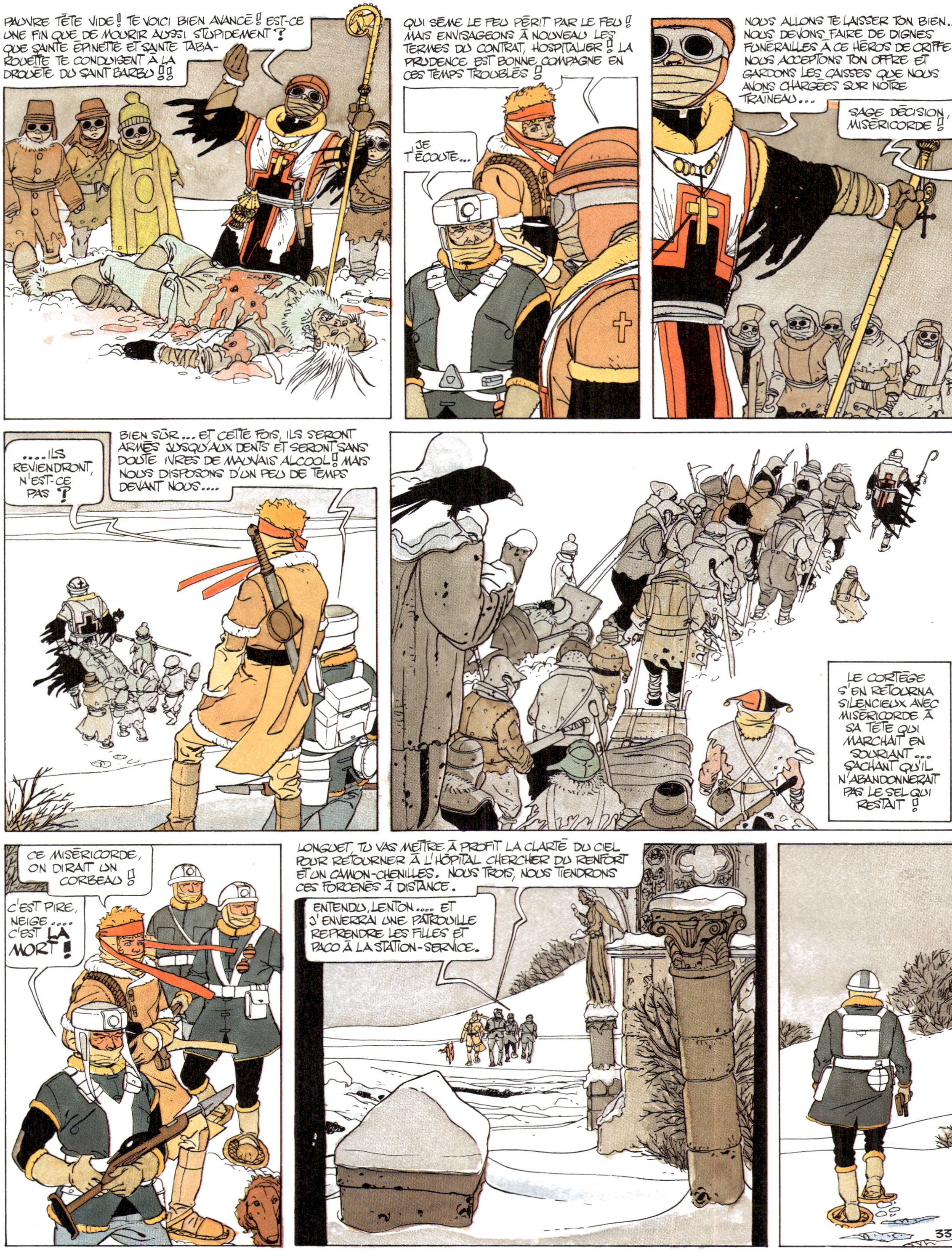

PAUVRE TÊTE VIDE ! TE VOICI BIEN AVANCÉ ! EST-CE UNE FIN QUE DE MOURIR AUSSI STUPIDEMENT ? QUE SAINTE ÉPINETTE ET SAINTE TABA-ROUETTE TE CONDUISENT À LA DROUÈTE DU SAINT BARBU !!
QUI SÈME LE FEU PÉRIT PAR LE FEU ! MAIS ENVISAGEONS À NOUVEAU LES TERMES DU CONTRAT, HOSPITALIER ! LA PRUDENCE EST BONNE COMPAGNE EN CES TEMPS TROUBLÉS !
JE T'ÉCOUTE...
NOUS ALLONS TE LAISSER TON BIEN... NOUS DEVONS FAIRE DE DIGNES FUNÉRAILLES À CE HÉROS DE CRIFFE. NOUS ACCEPTONS TON OFFRE ET GARDONS LES CAISSES QUE NOUS AVONS CHARGÉES SUR NOTRE TRAINEAU...
SAGE DÉCISION, MISÉRICORDE !
....ILS REVIENDRONT, N'EST-CE PAS ?
BIEN SÛR... ET CETTE FOIS, ILS SERONT ARMÉS JUSQU'AUX DENTS ET SERONT SANS DOUTE IVRES DE MAUVAIS ALCOOL ! MAIS NOUS DISPOSONS D'UN PEU DE TEMPS DEVANT NOUS....
LE CORTÈGE S'EN RETOURNA SILENCIEUX AVEC MISÉRICORDE À SA TÊTE QUI MARCHAIT EN SOURIANT... SACHANT QU'IL N'ABANDONNERAIT PAS LE SEL QUI RESTAIT !
CE MISÉRICORDE, ON DIRAIT UN CORBEAU !
C'EST PIRE, NEIGE.... C'EST LA MORT !
LONGUET, TU VAS METTRE À PROFIT LA CLARTÉ DU CIEL POUR RETOURNER À L'HÔPITAL CHERCHER DU RENFORT ET UN CAMION-CHENILLES. NOUS TROIS, NOUS TIENDRONS CES FORCENÉS À DISTANCE.
ENTENDU, LENTON.... ET J'ENVERRAI UNE PATROUILLE REPRENDRE LES FILLES ET PACO À LA STATION-SERVICE.
33

SI MISÉRICORDE DÉCIDE DE NOUS ATTAQUER AVANT L'ARRIVÉE DES RENFORTS, NOUS NE POURRONS JAMAIS RÉSISTER À SA HORDE !
IL N'OSERA PEUT-ÊTRE PAS.... NOUS SOMMES DES HOSPITALIERS ! NE L'OUBLIE PAS ! CE SIMPLE MOT LEUR FAIT PEUR !
MAIS NOUS NE SOMMES QUE TROIS ! NON ; NOUS DEVONS REDOUTER LE PIRE AVEC CE FOU !!!
FRÈRES DE MISÈRE, PLEURONS TOUS LA PERTE DE CE HÉROS ! PLEURONS LE MALHEUREUX CRIFFE TUÉ PAR CES MAUDITS HOSPITALIERS ! VENGEANCE ! VENGEANCE !
VENGEANCE ! SUS AUX HOSPITALIERS !
REPRENONS LE SEL !
LES GOSSES ONT DIT, DRET ! MAIS ENTERRONS D'ABORD LE CRIFFE !
VENEZ, AMIS... COUCHONS NOTRE COMPAGNON DANS LES BRAS D'NOTRE MÈRE DE TRISTESSE : LA TERRE ! ET CHANTONS-LUI LES PSAUMES D'ADIEU !
34

QUE FONT-ILS ?
ILS ENTERRENT LEUR COMPAGNON... UNE COMÉDIE! ON DIRAIT QU'ILS SINGENT LES CÉRÉMONIES D'AUTREFOIS !!
POUAH! CES TYPES ME FONT FROID DANS LE DOS!... JE PRÉFÈRE ENCORE LES BARBARES-NOMADES! OU MÊME LES "RAMPANTS"! MAIS AVEC CES DÉMENTS, ON NE PEUT PAS SAVOIR COMMENT ÇA PEUT TOURNER!
IL NE NOUS RESTE PLUS QU'À ATTENDRE LE RETOUR DE LONGUET AVEC LE RENFORT.... ÇA VA, NEIGE ?
OUI... MAIS IL Y A QUELQUE CHOSE....
JE SAIS QUE TU VAS TE MOQUER DE MOI, LENTON... AVEC CETTE QUÊTE DE MON PASSÉ! MAIS EN FUYANT LA VILLE, AUTREFOIS, MES PARENTS M'ONT FAIT TRAVERSER CETTE RÉGION. JE ME SOUVIENS DE CES RUINES!
JE CROIS PLUTÔT QUE TU ADAPTES CHAQUE IMAGE PRÉSENTE À TES SOUVENIRS, GARÇON !!
TU AS PEUT-ÊTRE RAISON...
TU FERAIS MIEUX DE TE REPOSER UN PEU; LES HEURES QUI VONT VENIR RISQUENT D'ÊTRE PÉNIBLES!
PRUDENCE... N'OUBLIEZ PAS QUE CES "BOUFFE-FOIES" ONT DES ARMES REDOUTABLES! RESTONS À BONNE DISTANCE... PAS D'HÉROÏSME, MES P'TITS GARS! PENSEZ À GRIFFE QUI VIENT DE CASSER SON CIBOIRE!
MAIS, JE VOUS L'JURE... CES GARGOUILLES D'HOSPITALIERS N'EMPORTERONT PAS L'SEL! ILS VONT APPRENDRE À CONNAÎTRE MISÉRICORDE ET SON CLAN DE BRAVES ENFANTS DU BARBU !!!
35

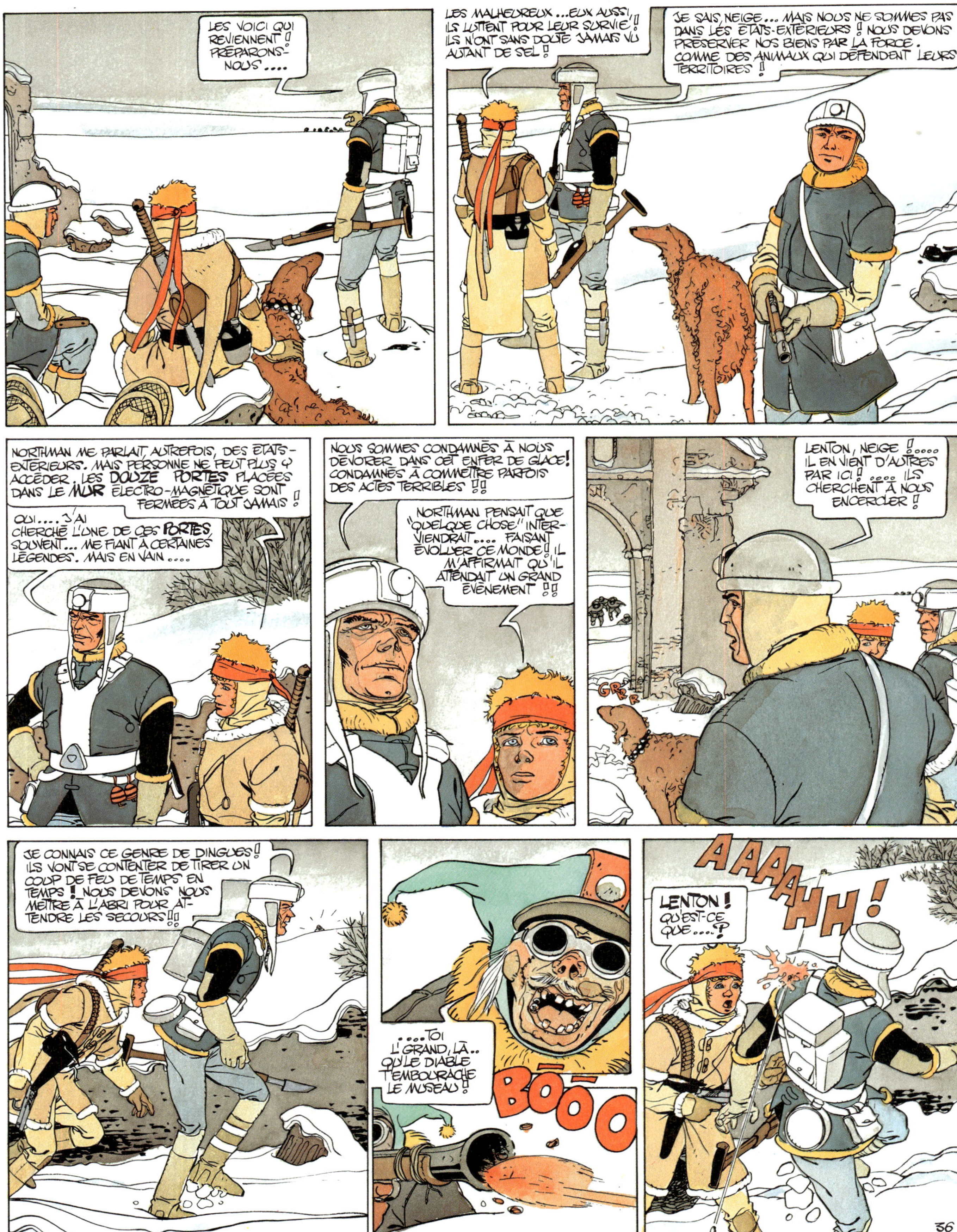
LES VOICI QUI REVIENNENT ! PRÉPARONS-NOUS ....
LES MALHEUREUX ... EUX AUSSI, ILS LUTTENT POUR LEUR SURVIE ! ILS N'ONT SANS DOUTE JAMAIS VU AUTANT DE SEL !
JE SAIS, NEIGE ... MAIS NOUS NE SOMMES PAS DANS LES ÉTATS-EXTÉRIEURS ! NOUS DEVONS PRÉSERVER NOS BIENS PAR LA FORCE. COMME DES ANIMAUX QUI DÉFENDENT LEURS TERRITOIRES !
NORTHMAN ME PARLAIT, AUTREFOIS, DES ÉTATS-EXTÉRIEURS. MAIS PERSONNE NE PEUT PLUS Y ACCÉDER. LES DOUZE PORTES PLACÉES DANS LE MUR ÉLECTRO-MAGNÉTIQUE SONT FERMÉES À TOUT JAMAIS !
OUI .... J'AI CHERCHÉ L'UNE DE CES PORTES, SOUVENT ... ME FIANT À CERTAINES LÉGENDES. MAIS EN VAIN ....
NOUS SOMMES CONDAMNÉS À NOUS DÉVORER DANS CET ENFER DE GLACE ! CONDAMNÉS À COMMETTRE PARFOIS DES ACTES TERRIBLES !!
NORTHMAN PENSAIT QUE "QUELQUE CHOSE" INTERVIENDRAIT .... FAISANT ÉVOLUER CE MONDE ! IL M'AFFIRMAIT QU'IL ATTENDAIT UN GRAND ÉVÉNEMENT !!
LENTON, NEIGE ! ..... IL EN VIENT D'AUTRES PAR ICI ! ..... ILS CHERCHENT À NOUS ENCERCLER !
GRRR
JE CONNAIS CE GENRE DE DINGUES ! ILS VONT SE CONTENTER DE TIRER UN COUP DE FEU DE TEMPS EN TEMPS ! NOUS DEVONS NOUS METTRE À L'ABRI POUR ATTENDRE LES SECOURS !!
.... TOI L'GRAND, LÀ .. QU'LE DIABLE T'EMBOURACHE LE MUSEAU !
BÔÔO
AAAAHHH !
LENTON ! QU'EST-CE QUE .... ?
36

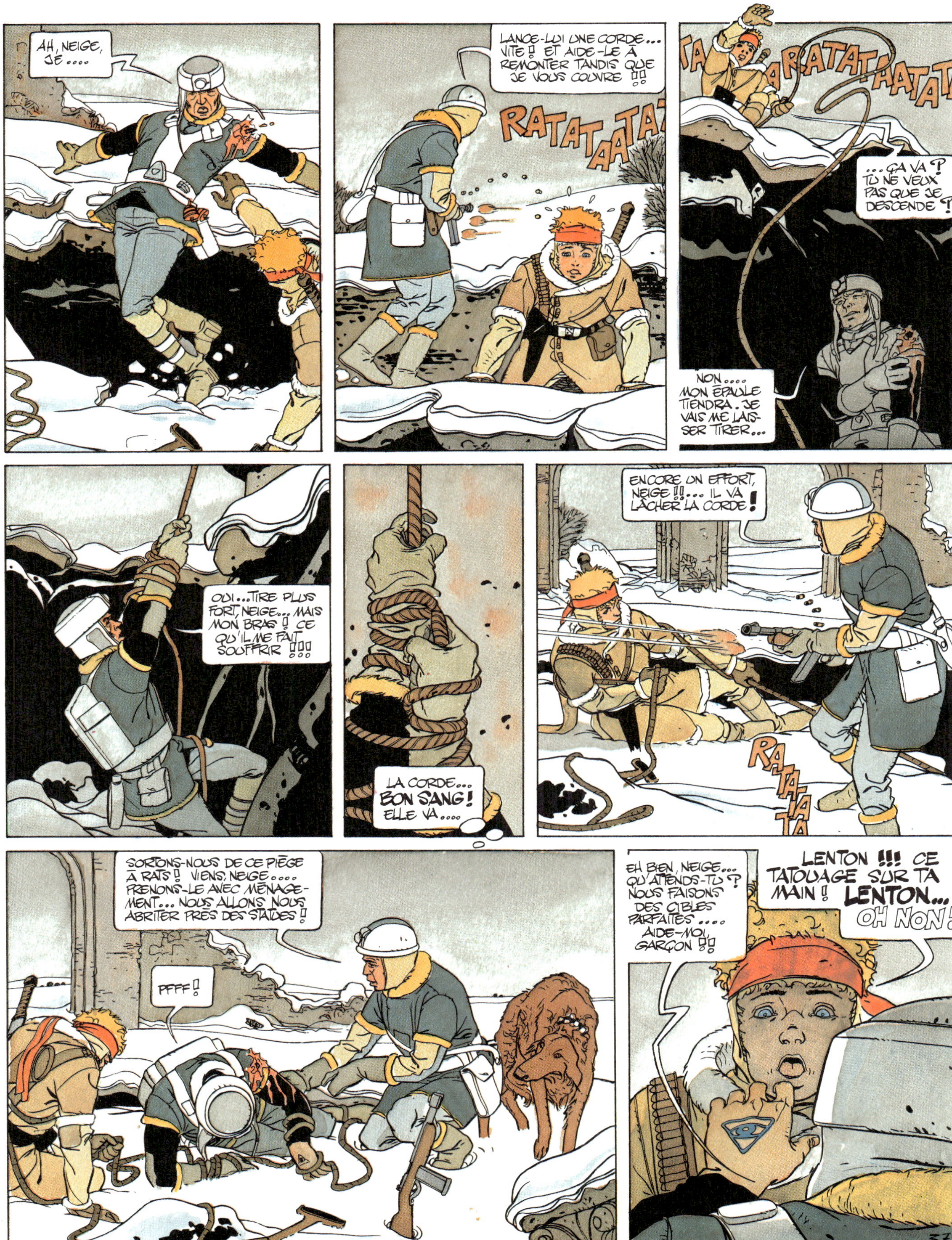
AH, NEIGE, JE....
LANCE-LUI UNE CORDE... VITE !! ET AIDE-LE À REMONTER TANDIS QUE JE VOUS COUVRE !!!
RATATAATAT
TA RATATATAATATA
... ÇA VA ? TU NE VEUX PAS QUE JE DESCENDE ?
NON.... MON ÉPAULE TIENDRA. JE VAIS ME LAISSER TIRER...
OUI... TIRE PLUS FORT, NEIGE... MAIS MON BRAS ! CE QU'IL ME FAIT SOUFFRIR !!!
LA CORDE... BON SANG ! ELLE VA....
ENCORE UN EFFORT, NEIGE !!... IL VA LÂCHER LA CORDE !
RATATATA
SORTONS-NOUS DE CE PIÈGE À RATS ! VIENS, NEIGE.... PRENONS-LE AVEC MÉNAGEMENT... NOUS ALLONS NOUS ABRITER PRÈS DES STADES !
PFFF !
EH BIEN, NEIGE... QU'ATTENDS-TU ? NOUS FAISONS DES CIBLES PARFAITES.... AIDE-MOI, GARÇON !!!
LENTON !!! CE TATOUAGE SUR TA MAIN ! LENTON... OH NON !
37

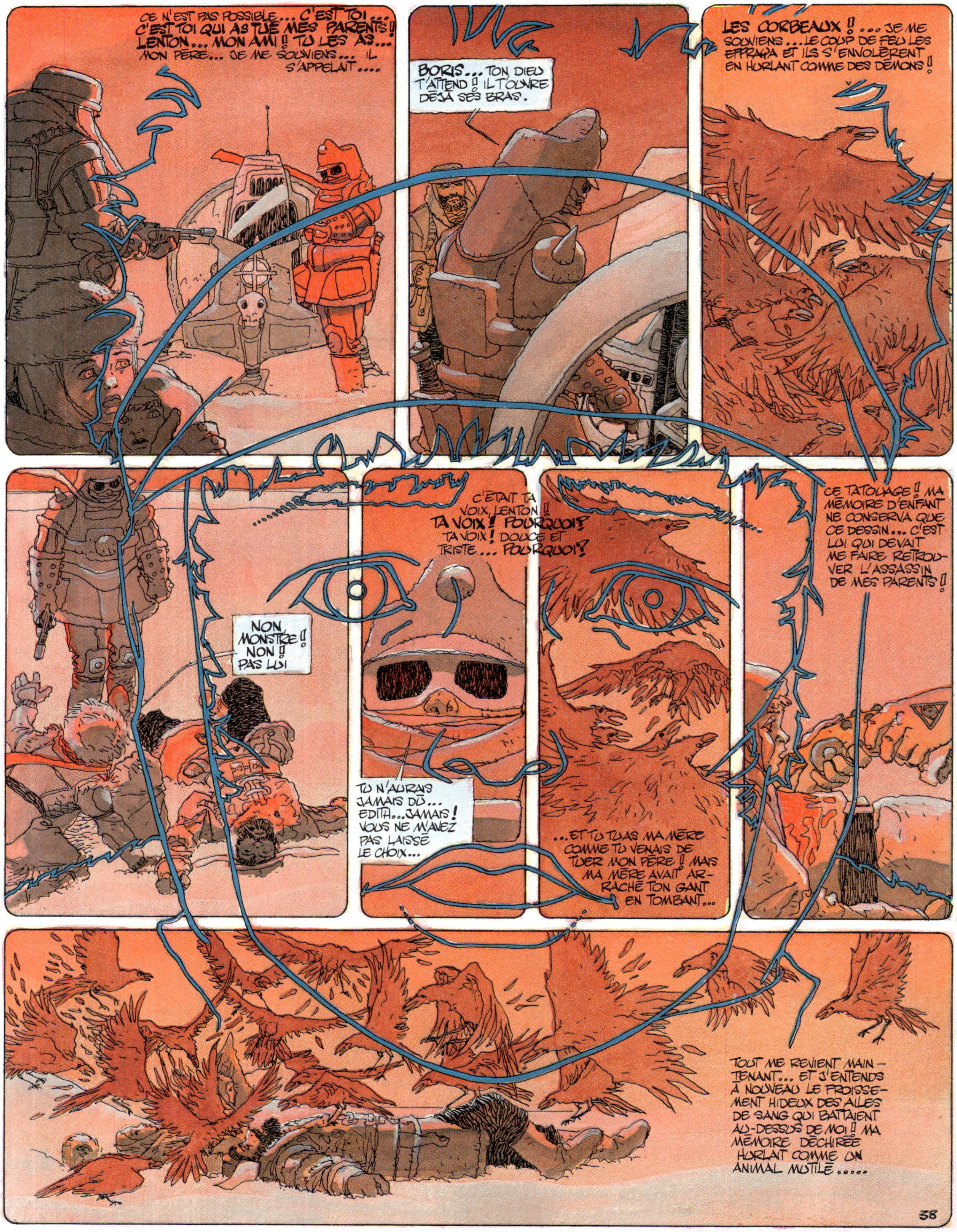
CE N'EST PAS POSSIBLE... C'EST TOI... C'EST TOI QUI AS TUÉ MES PARENTS ! LENTON... MON AMI ! TU LES AS... MON PÈRE... JE ME SOUVIENS... IL S'APPELAIT....
BORIS... TON DIEU T'ATTEND ! IL T'OUVRE DÉJÀ SES BRAS.
LES CORBEAUX !... JE ME SOUVIENS... LE COUP DE FEU LES EFFRAYA ET ILS S'ENVOLÈRENT EN HURLANT COMME DES DÉMONS !
NON, MONSTRE ! NON ! PAS LUI
....
C'ÉTAIT TA VOIX, LENTON ! TA VOIX ! POURQUOI ? TA VOIX ! DOUCE ET TRISTE... POURQUOI ?
TU N'AURAIS JAMAIS DÛ... EDITH... JAMAIS ! VOUS NE M'AVEZ PAS LAISSÉ LE CHOIX...
...ET TU TUAS MA MÈRE COMME TU VENAIS DE TUER MON PÈRE ! MAIS MA MÈRE AVAIT ARRACHÉ TON GANT EN TOMBANT...
CE TATOUAGE ! MA MÉMOIRE D'ENFANT NE CONSERVA QUE CE DESSIN... C'EST LUI QUI DEVAIT ME FAIRE RETROUVER L'ASSASSIN DE MES PARENTS !
TOUT ME REVIENT MAINTENANT... ET J'ENTENDS À NOUVEAU LE FROISSEMENT HIDEUX DES AILES DE SANG QUI BATTAIENT AU-DESSUS DE MOI ! MA MÉMOIRE DÉCHIRÉE HURLAIT COMME UN ANIMAL MUTILÉ.....
38

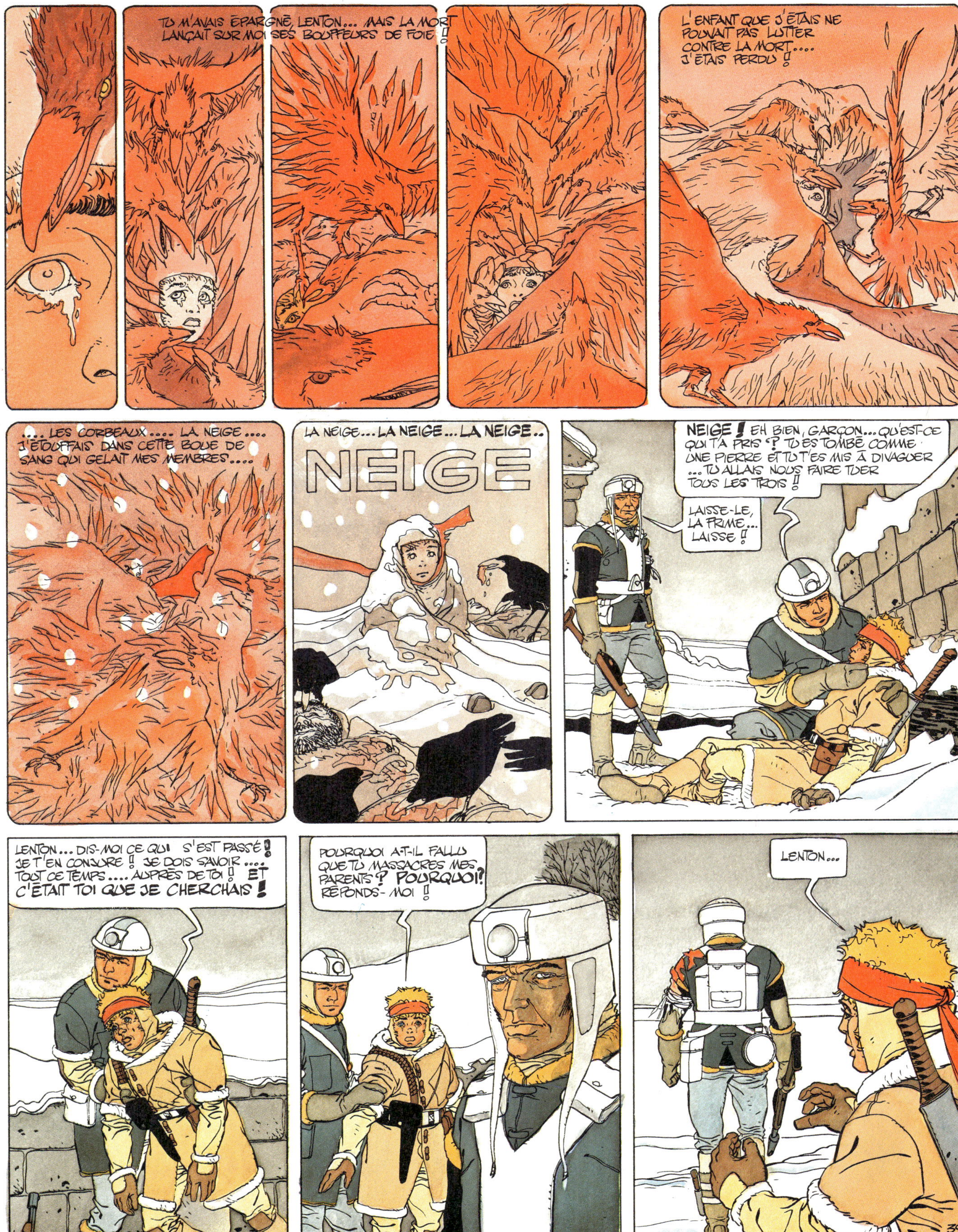
TU M'AVAIS ÉPARGNÉ, LENTON... MAIS LA MORT LANÇAIT SUR MOI SES BOUFFEURS DE FOIE !
L'ENFANT QUE J'ÉTAIS NE POUVAIT PAS LUTTER CONTRE LA MORT.... J'ÉTAIS PERDU !
.... LES CORBEAUX .... LA NEIGE .... J'ÉTOUFFAIS DANS CETTE BOUE DE SANG QUI GELAIT MES MEMBRES ....
LA NEIGE... LA NEIGE... LA NEIGE..
NEIGE
NEIGE ! EH BIEN, GARÇON... QU'EST-CE QUI T'A PRIS ? TU ES TOMBÉ COMME UNE PIERRE ET TU T'ES MIS À DIVAGUER ...TU ALLAIS NOUS FAIRE TUER TOUS LES TROIS !
LAISSE-LE, LA FRIME... LAISSE !
LENTON... DIS-MOI CE QUI S'EST PASSÉ ! JE T'EN CONJURE ! JE DOIS SAVOIR .... TOUT CE TEMPS .... AUPRÈS DE TOI ! ET C'ÉTAIT TOI QUE JE CHERCHAIS !
POURQUOI A-T-IL FALLU QUE TU MASSACRES MES PARENTS ? POURQUOI ? RÉPONDS-MOI !
LENTON...
39

... MAIS OÙ VA-T-IL ? QU'EST-CE QUE C'EST QUE TOUTE CETTE HISTOIRE ? NEIGE, EXPLIQUE-MOI !
IL FAUT LE RETENIR ! IL VA...
?
IL EST COMPLÈTEMENT FOU ! IL VEUT SE SUICIDER !!!
LENTON ! NON ! REVIENS !
JARNIGOINE ! Y CHERCHE DONC À ÊTRE TROUÉ COMME UNE PASSOIRE, LE COCHON D'HOSPITALIER ! SUS, P'TITS GARS ! SUS, MES DOUX DISCIPLES ! MES P'TITS ANGES AU TEINT ROSE !
VIENS..... COUVRE-MOI ! TIRE !
C'EST TROP TARD, NEIGE... CES DINGUES VONT LUI CREVER LA PANSE !
OOH, N... NEIGE !
QUE LE DIABLE LUI BROIE LA GIBOIRE DANS SES CROCS !... ON L'A EU, L'HOSPITALIER ! ON L'A EU, P'TITS GARS !
STOCK
aïe !
HEP ! À L'ABRI, MES MAIGRICHONS ! ON NOUS ARROSE !!!
BOONG
ouille !
SWWWIIICH
SWWWIIICH
SWWWIIICH
40

RATATAAA TATAAA
EST-CE QU'IL EST...?
OUI, LA PRIME! C'EST CE QU'IL CHERCHAIT... IL AVAIT UN SE-CRET À PRÉSERVER.... JE CROIS QU'IL M'AIMAIT TROP POUR CONTINUER À VIVRE...
DÉPÊCHONS-NOUS... NOUS ALLONS LE PORTER JUSQU'AUX RUINES POUR Y AT-TENDRE LA PATROUILLE ENVOYÉE PAR LONGUET.
ATTENDS... QU'EST-CE QUE C'EST QUE...? ..... UNE PHOTOGRAPHIE?
LENTON! ENTRE MON PÈRE ET MA MÈRE!
LE VOICI... CELUI QUE JE RECHERCHAIS DANS MES CAUCHEMARS! CELUI QUI A TUÉ MES PARENTS ET M'A LAISSÉ LA VIE! CELUI QUI M'A SAUVÉ ET HÉBERGÉ! ET QUI M'A TANT APPRIS, APRÈS NORTHMAN...
...TANT APPRIS, APRÈS NORTHMAN... QUI ÉTAIT-IL? IL M'AVAIT RECONNU. IL AVAIT COMPRIS CE QUE JE VOULAIS... CETTE PHOTO EN EST LA PREUVE. IL L'AVAIT RETIRÉE DU MUR DE SA CHAMBRE POUR LA CACHER SUR LUI.
PAUVRE ENFANT... QUELLE CRUELLE INITIATION! QUI SAURA-T-IL AIMER MAINTENANT? OU MÊME HAÏR?

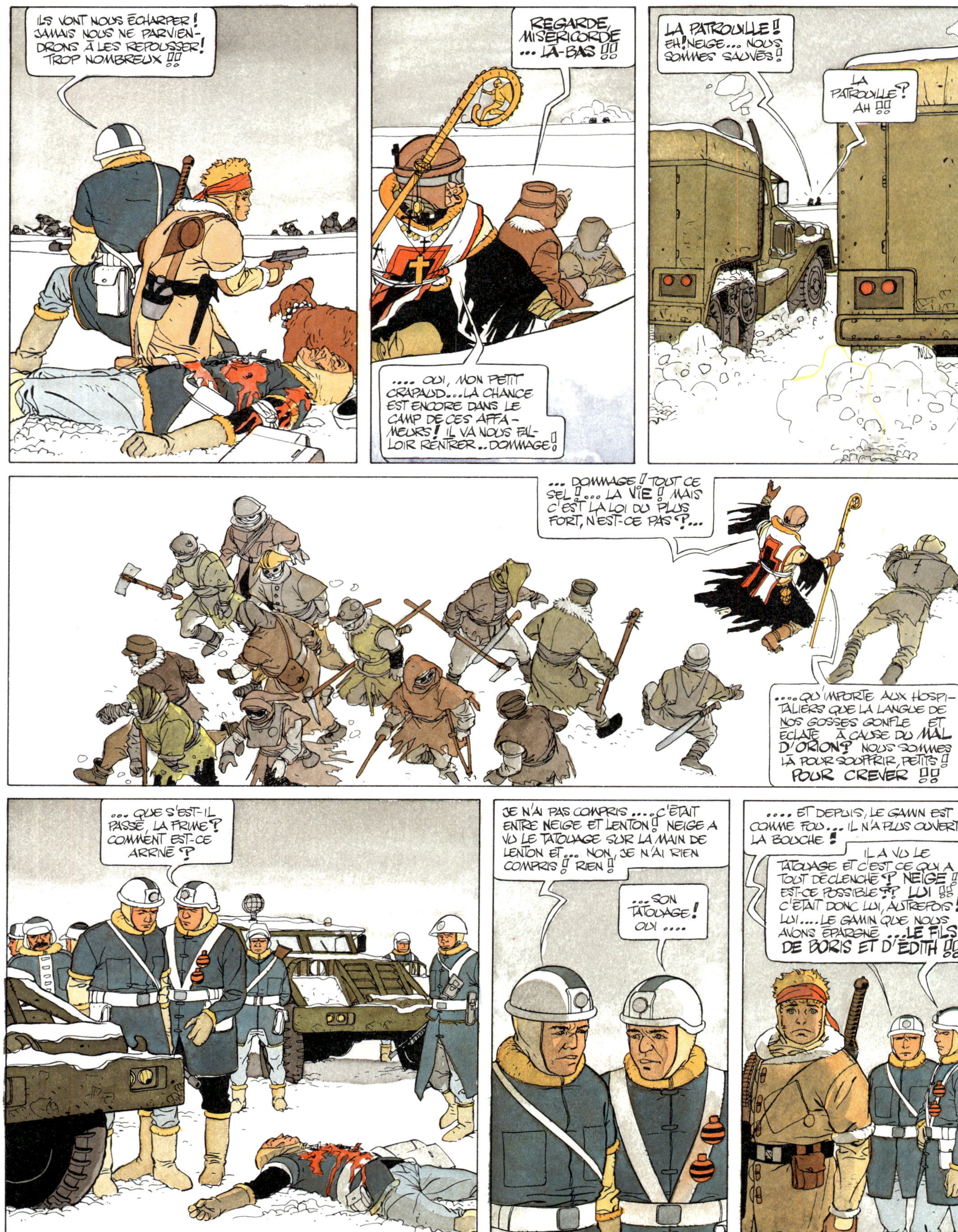
ILS VONT NOUS ÉCHARPER ! JAMAIS NOUS NE PARVIENDRONS À LES REPOUSSER ! TROP NOMBREUX !!
REGARDE, MISÉRICORDE ... LÀ-BAS !!
.... OUI, MON PETIT CRAPAUD... LA CHANCE EST ENCORE DANS LE CAMP DE CES AFFAMEURS ! IL VA NOUS FALLOIR RENTRER.. DOMMAGE !
LA PATROUILLE ! EH ! NEIGE... NOUS SOMMES SAUVÉS !
LA PATROUILLE ? AH !!
... DOMMAGE ! TOUT CE SEL !... LA VIE ! MAIS C'EST LA LOI DU PLUS FORT, N'EST-CE PAS ?...
....QU'IMPORTE AUX HOSPITALIERS QUE LA LANGUE DE NOS GOSSES GONFLE ET ÉCLATE À CAUSE DU MAL D'ORION ? NOUS SOMMES LÀ POUR SOUFFRIR, PETITS ! POUR CREVER !!
... QUE S'EST-IL PASSÉ, LA FRIME ? COMMENT EST-CE ARRIVÉ ?
JE N'AI PAS COMPRIS .... C'ÉTAIT ENTRE NEIGE ET LENTON ! NEIGE A VU LE TATOUAGE SUR LA MAIN DE LENTON ET... NON, JE N'AI RIEN COMPRIS ! RIEN !
...SON TATOUAGE ! OUI ....
.... ET DEPUIS, LE GAMIN EST COMME FOU... IL N'A PLUS OUVERT LA BOUCHE !
IL A VU LE TATOUAGE ET C'EST CE QUI A TOUT DÉCLENCHÉ ? NEIGE !!? EST-CE POSSIBLE ?? LUI !! C'ÉTAIT DONC LUI, AUTREFOIS ! LUI.... LE GAMIN QUE NOUS AVONS ÉPARGNÉ ...LE FILS DE BORIS ET D'ÉDITH !!

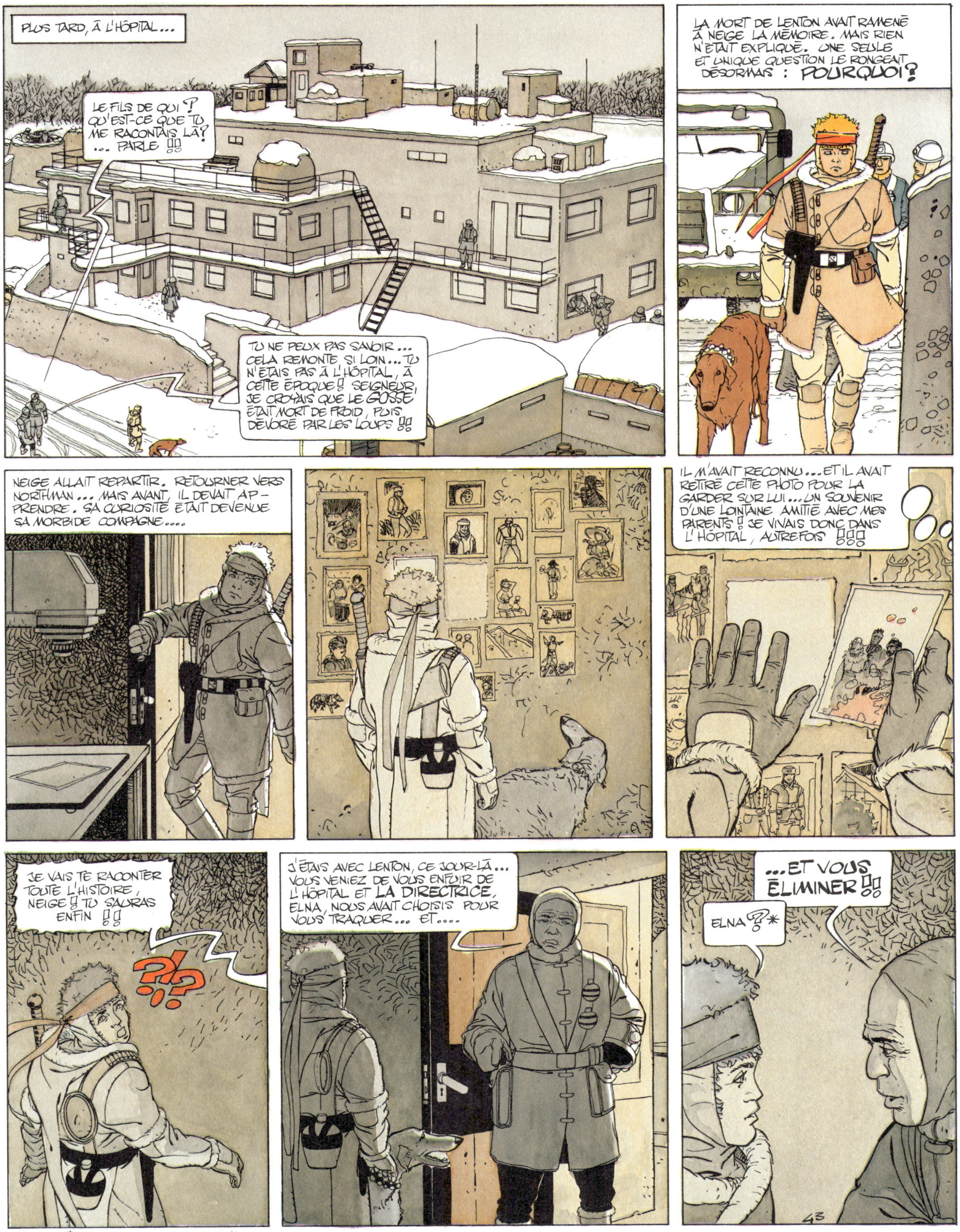
PLUS TARD, À L'HÔPITAL...
LE FILS DE QUI ? QU'EST-CE QUE TU ME RACONTAIS LÀ ? ... PARLE !!
TU NE PEUX PAS SAVOIR... CELA REMONTE SI LOIN... TU N'ÉTAIS PAS À L'HÔPITAL, À CETTE ÉPOQUE ! SEIGNEUR, JE CROYAIS QUE LE GOSSE ÉTAIT MORT DE FROID, PUIS DÉVORÉ PAR LES LOUPS !!
LA MORT DE LENTON AVAIT RAMENÉ À NEIGE LA MÉMOIRE. MAIS RIEN N'ÉTAIT EXPLIQUÉ. UNE SEULE ET UNIQUE QUESTION LE RONGEAIT DÉSORMAIS : POURQUOI ?
NEIGE ALLAIT REPARTIR. RETOURNER VERS NORTHMAN... MAIS AVANT, IL DEVAIT APPRENDRE. SA CURIOSITÉ ÉTAIT DEVENUE SA MORBIDE COMPAGNE....
IL M'AVAIT RECONNU... ET IL AVAIT RETIRÉ CETTE PHOTO POUR LA GARDER SUR LUI... UN SOUVENIR D'UNE LOINTAINE AMITIÉ AVEC MES PARENTS ! JE VIVAIS DONC DANS L'HÔPITAL, AUTREFOIS !!!
JE VAIS TE RACONTER TOUTE L'HISTOIRE, NEIGE ! TU SAURAS ENFIN !!
?!?
J'ÉTAIS AVEC LENTON, CE JOUR-LÀ... VOUS VENIEZ DE VOUS ENFUIR DE L'HÔPITAL ET LA DIRECTRICE, ELNA, NOUS AVAIT CHOISIS POUR VOUS TRAQUER... ET....
...ET VOUS ÉLIMINER !!
ELNA ?!*
* VOIR "LES BRUMES AVEUGLES"

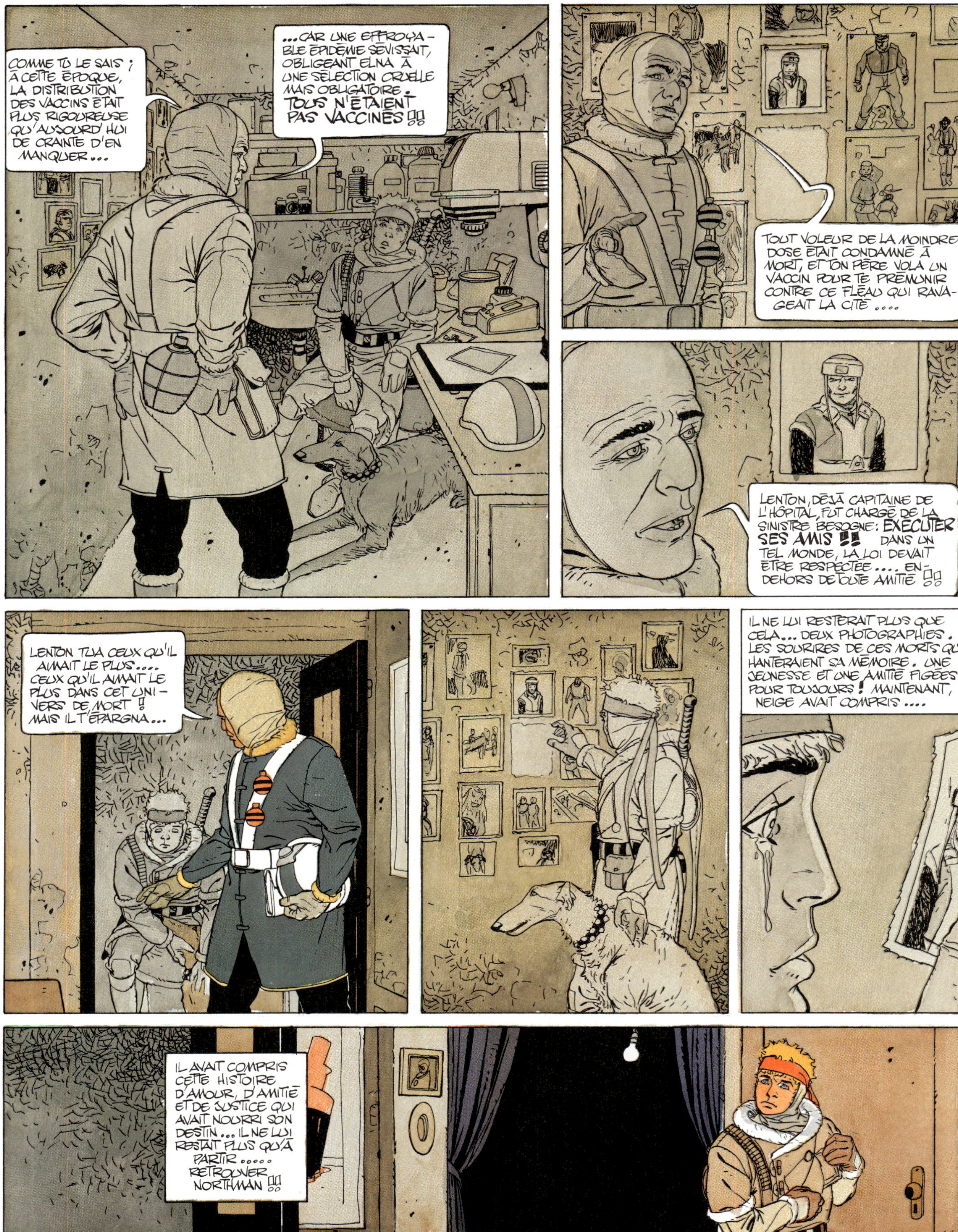
COMME TU LE SAIS ; À CETTE ÉPOQUE, LA DISTRIBUTION DES VACCINS ÉTAIT PLUS RIGOUREUSE QU'AUJOURD'HUI DE CRAINTE D'EN MANQUER...
...CAR UNE EFFROYABLE ÉPIDÉMIE SÉVISSAIT, OBLIGEANT ELNA À UNE SÉLECTION CRUELLE MAIS OBLIGATOIRE. TOUS N'ÉTAIENT PAS VACCINÉS !!
TOUT VOLEUR DE LA MOINDRE DOSE ÉTAIT CONDAMNÉ À MORT, ET TON PÈRE VOLA UN VACCIN POUR TE PRÉMUNIR CONTRE CE FLÉAU QUI RAVAGEAIT LA CITÉ....
LENTON, DÉJÀ CAPITAINE DE L'HÔPITAL, FUT CHARGÉ DE LA SINISTRE BESOGNE : EXÉCUTER SES AMIS !! DANS UN TEL MONDE, LA LOI DEVAIT ÊTRE RESPECTÉE.... EN-DEHORS DE TOUTE AMITIÉ !!
LENTON TUA CEUX QU'IL AIMAIT LE PLUS.... CEUX QU'IL AIMAIT LE PLUS DANS CET UNIVERS DE MORT !! MAIS IL T'ÉPARGNA...
IL NE LUI RESTERAIT PLUS QUE CELA... DEUX PHOTOGRAPHIES. LES SOURIRES DE CES MORTS QUI HANTERAIENT SA MÉMOIRE. UNE JEUNESSE ET UNE AMITIÉ FIGÉES POUR TOUJOURS ! MAINTENANT, NEIGE AVAIT COMPRIS....
IL AVAIT COMPRIS CETTE HISTOIRE D'AMOUR, D'AMITIÉ ET DE JUSTICE QUI AVAIT NOURRI SON DESTIN... IL NE LUI RESTAIT PLUS QU'À PARTIR..... RETROUVER NORTHMAN !!
44

KROOAAAAH
TU L'AS RECONNU AUSSI, TRACE.. OUI, C'EST CRÈVE-OEIL !! LE COMPAGNON DE LA ROUILLE !! IL NOUS SALUE !!
QUE LE DIABLE M'ENFOURACHE LE GOSIER, PETITS DÉMONS !!
SATAN A CONDUIT LE BAL D'UNE HISTOIRE BANALE IL A FAIT UNE TRAGÉDIE ET EN RICANANT IL M'A DIT TU ES MISÉRICORDE VA, TIRE SUR LES CORDES DE TOUS CES SINISTRES PANTINS ILS DOIVENT MOURIR CE MATIN
AH, AH ! AH, AH ! ET ILS SONT MORTS CE MATIN !!!
45

Impression et reliure : Pollina s.a., 85400 Luçon - n° 13787 — Dépôt légal : mai 1991